KB140630

작은영웅 서승만

작은영웅 서승만

초판 1쇄 인쇄 2023년 12월 11일
초판 1쇄 발행 2023년 12월 20일

지은이 서승만

펴낸이 주혜숙
펴낸곳 역사공간
등록 2003년 7월 22일 제6-510호
주소 04000 서울특별시 마포구 동교로 19길 52-7 PS빌딩 4층
전화 02-725-8806
팩스 02-725-8801
이메일 jhs8807@hanmail.net

ISBN 979-11-5707-608-6 03810

작은영웅
서승만

서승만

어느덧 반백 살이 훌쩍 넘었다. 세월은 속도를 가늠할 수 없을 정도로 빠르게 지나가 버렸다. 평소, 하고 싶은 것은 다 하고 살았다고 생각했기에 아쉬울 게 없을 줄 알았지만, 돌이켜보면 그 무엇도 만족하기 쉽지 않다. 문득, 이쯤에서 지난날을 한 번쯤 돌아보고 중간 점검의 시간을 가져야 한다는 생각이 들었다.

최근 총선을 앞두고 정치 신인들이나 지망생, 현존 정치인들과 국회의원의 출판기념회가 많았다. 좋아하거나 친한 분들의 출판기념회의 경우 진행을 돕거나 참석하기도 했는데 그것도 글을 쓰는 계기가 됐다. 그들은 멋지게 인생을 살면서 책도 내고 성공적인 삶을 살아 원대한 꿈을 향해 도전하며 전진하는데, 과연 나는 어떠한가?

치기 어린 마음에 나도 자서전을 써볼까 생각했지만, 성공한 사람들이 쓰는 것이 자서전인데, 내가 나를 평가했을 때 성공한 삶인가 자문해보니 자서전은 어렵겠다. 체험수기라고 할까? 하다가 갸우뚱한다. 누구나 내가 겪은 삶의 무게만큼은 짊어지면서 살지 않나. 불가에서 말하듯 인생은 고해(苦海)의 바다일지도 모른다. 그렇다면 체험수기는 아닌 거 같다. 내가 죄지은 것, 남한테 피해를 준 것도 아니니 자술서도 아니고, 그저 반백이 넘어 자기소개서 쓰는 마음으로 글을 쓰기로 한다.

2024년 1월 서 승 만

머리말 5

1. 어린 시절 9

2. 이른 사회생활 31

3. 꿈을 이루다, 방송인 57

4. 새로운 소통 127

5. 작은 영웅들 189

6. 서승만의 무게 239

1

✦

어린 시절

할머니 아니라고!

나는 영등포구 당산동에서 태어나고 그곳에서 자랐다. 지금 살아 계시면 108세 되는 아버님과 103세 되시는 어머니 사이에서 태어난 늦둥이다, 요즘은 마흔 나이의 출산이 크게 흉이 되거나 이상한 일은 아니지만 내가 태어났을 때만 해도 43세에 애를 낳으면 노산이라 불렀고 그리 자랑스럽지 못한 부끄러운 일이었다. 게다가 어머니는 큰 누님이 둘째를 가진 시기에 같이 임신부였다.

자라면서 막둥이인데도 불구하고 그렇게 귀여움을 받으면서 자란 것 같지 않다. 위로 누나 셋과 형 셋, 7남매나 되지만 내 바로 위의 형하고는 다섯 살 터울이었다, 그리고 제일 큰누나의 경우는 나보다 한 살 많은 조카도 있고 세 살 많은 조카도 있었다. 그러다 보니까 7남매지만 서로 가깝기가 어려웠다. 내 바로 위에 형은 워낙 얌전하고 조용한 사람이라 형과 대화한 기억이 거의 없고 둘째 형은 열 살이나 많은 데다 굉장히 무서웠고 공포 그 자체였다. 어렸을 때 이유 없이 많이 혼나기도 하고 맞기도 했다. 나이 먹고 생각해 보니 우리 살던 동네에 껌 좀 씹는다는 애들이 제법 있어서 형은 그런 친구들과 아예 처음부터 엮이지 않게 하려고 그랬던 것 같지만 정작 대부분의 내 친구들은 착한 편이었다. 43세에 나를 낳으신 어머니는 내가 초등학교 때 이미 50이 넘으셨다, 요즘 나이 50은 자기관리를 잘한 여자분들의 경우, 나이대를 알 수 없을 정도로 젊어 보이기도 하지만 내 어릴 때 50이면 거의 할머니였다. 물론 어머니가 큰 식구 먹고사는 일이 우선이다 보니 꾸미지 못했던 것도 한 몫했을 것이다.

내가 자란 영등포, 지금은 많이 발전하고 멋진 동네지만 한때는 우범지대였다. 그래서 영등포에 산다고 하면 많은 사람이 이상하게 색안경을 끼고 '좀 안 좋은 환경이다, 양아치들이 많이 사는 곳'이라고 말했다. 사실 그렇기도 했다. 영등포역에서 신세계 백화점 뒤로 해서 신화병원에 이르기 전, 지금의 경찰서와 홍익상가 주변으로, 지금은 아파트가 들어서 있는데 그 옆까지 기찻길이 연결되어 있었고 기차 쉬는 곳이 있었다. 버스 정거장 이름이 기지창이었다. 영등포역에서 기찻길 옆으로 밤만 되면 빨간색 등을 내건 술집들이 쫙 있었다. 홍등가엔 옷을 거의 벗은 것 같은 차림의 사람들이 영업을 했다.

이곳의 생활 기반은 영등포역과 시장이었다. 지금도 마찬가지지만 영등포역을 주변으로 사람이 넘쳐났다. 역 근처는 상가가 발달하고 뜨내기손님이 많고, 이에 하루하루 벌어 먹고사는 사람들이 많다. 그래서인지 우리집·앞집·옆집 사람들도 좀 시끄럽고 거

칠었던 것 같다. 하지만 누가 더 잘 사는지 비교할 것도 없이 남루한 살림에 마당을 나눠 쓰다 보니 정은 많았다. 우리 어머니는 영등포역 앞 좌판에서 삶은 옥수수를 팔았다. 나는 지금도 옥수수를 그다지 좋아하지 않는다.

영중국민학교를 다녔는데 영등포 중앙에 있는 학교라고 해서 붙여진 이름이다. 당산동 조광시장 근처에 있는 학교다. 그래도 영등포가 서울의 중심이어서인지 같이 학교에 다니던 친구들 중에는 대대로 부자인 애들도 많았다. 내가 초등학교 3학년 때 학교에 수영장이 생겼는데 순서로 따지면 서울시에서 처음인가 두 번째인가 그렇다.

학교에 부모님들이 자주 왔었다. 나는 어머니가 학교에 오는 게 너무나 싫었다. 이미 50이 훌쩍 넘으신 어머니가 학교에 오시면 친구들은 "야! 니네 할머니 왔다."하고 소리쳤다. 어린 눈에 다른 친구들 어머니는 미인이고 젊었는데 우리 어머니는 할머니 모습이라 속 좁은 놈에게 큰 부끄러움이었다. 그래서 나는 어머니가 학교에 오면 학교에 안 간다며 투정을 부렸었다. 지금 생각하면 어머니께 참 미안한 마음이 든다.

내가 살던 집은 국회의사당을 등지고 오른쪽으로 파천교를 따라 신화병원과 당산전화국이 가까운 사거리 뒤쪽 골목에 있었다. 근처에 박한상이라는 당시 민정당 소속 국회의원이 살고 있었다. 6선까지 한 거로 기억한다. 지금 같으면 아파트에 살았겠지만 부자들도 대부분 한옥에 살았다. 박한상의원은 한옥이지만 폼나는 멋진 집에 살았다. 그 옆 골목에서 조금만 들어가면 우리 집이 있어서 거의 매일 한옥을 올려다보며 지냈다. 선거 때만 되면 검은 정장을 입은 사람들이 들락거리는 모습을 볼 수 있었는데, 이게 마치 느와르 영화의 한 장면 같았다. 정치인들은 좀 시끄럽고 짜증나는 사람들로 기억된다.

어린 시절 살던 동네의 단상들 속에 커다랗던 역과 그 주변의 환하고 소란했던 상가들, 육중한 소리로 달리던 기차들, 홍등가 누나들, 검은 옷의 노회한 정치인, 지지고 볶고 바지런히 살던 사람들이 함께 자리한다. 색바랜 느린 영화의 한 장면처럼 아련한 기억이다.

나만 싫어하던 선생님

내가 초등학교 다니던 시절에는 일부 선생님들이 일명 촌지를 받고 선물을 받는 경우가 많았다. 누구네 엄마라도 왔다 가면 선생님 얼굴이 화사하게 바뀌고 그 친구에게 무척 다정해졌던 것 같다. 그 친구 엄마가 기분 좋아지는 약을 주고 갔거나 그에 상응하는 무언가 주고 갔을 가능성이 컸다. 요즘 같으면 큰일 날 일이지만 그때는 그랬다. 초등학교 4학년 때, 내 기억이 틀릴 수도 있지만 담임선생님은 유독 나를 미워했다. 그 이유를 여전히 정확히 모르겠지만 우리 반에 69명이 있었는데 엄마나 아버지가 대부분 학교에 왔었다. 어리지만 눈치가 빨라서 나는 선생님에게 봉투 전해 주는 모습을 많이 봤다. 교실 밖에서 주는 경우도 있었지만, 수업 시간에 우리에게 자습을 시켜 놓고 선생님 책상 앞에 학부형이 마주 앉았다. 교실 칠판 앞에 탁자가 있고 옆에 선생님 개인 책상이 있는데 앉아서 얘기하다가 돌아갈 때가 되면 우리 쪽을 슬쩍 한 번 보고 서랍에다가 봉투를 넣어주었다. 나는 어머니가 학교에 오시는 것 자체가 너무 싫었고, 창피해서 못 오게 하다 보니 그럴 기회가 없었다. 그게 선생님 입장에서는 불만족스러웠던 것 같다. '네 엄마는 왜 안 오시냐'고 물으실 때마다 어머니가 편찮으시다 핑계를 대며 거짓말을 했다. 거짓말을 해서 선생님이 싫어했을까? 내가 딱히 잘못한 게 없어도 많이 혼났다. 수업 시간에 돌아가면서 국어책을 읽을라치면, 내 목소리가 커서 다른 애들 시끄럽게 공부 시간에 왜 이렇게 크게 읽냐고 맞았다. 또 조그맣게 읽으면 밥 안 처먹고 왔냐고 맞았다. 그러면서 초등학교를 다니다 보니 학교에 가면 굉장히 의기소침해지고 학교 가기가 좀 불편했다. 학교가 힘들고 집에 오면 대화할 사람이 없었고 그러다 보니 말하고 싶은 마음에 동네 친구들하고 해 떨어질 때까지 놀며 수다 떨고 했던 게 어린 시절 일상이었다. 도시락 반찬으로 계란후라이를 싸오는 친구가 가장 부러웠는데 내 아내는 도시락 위 노른자가 터져 가방 속에 있던 사전이 붙어 버린 기억이 있어서 너무 싫었단다. 난 요즘 계란을 아침저녁으로 두 개씩 꼭 먹는다,

하루는 수업시간에 선생님이 학생들에게 장래 희망을 물었다. 친구들은 과학자가 되겠다, 어떤 친구는 변호사가 되겠다, 대통령이 된다는 친구도 있었다. 판사가 돼서 어려운 사람을 도와줄 거다, 의사가 돼서 아픈 사람들을 고쳐줄 거다. 이런 발표를 하는데 내 차례가 돼서 "저는 코미디언이 되겠습니다!" 했다가 크게 혼났다. 그리고 존경하는 사람을 물어보는데 "에디슨요, 나이팅게일이요, 이순신 장군요" 하는데 나는 "배삼룡이요" 했다. 괜히 코미디언이 되

겠다고 솔직히 말했다가 배삼룡 선생님을 존경한다는 이유로 맞았
다. 나는 학교에 취미를 가질 수가 없었다. 요즘 같으면 상상할 수
도 없지만 빗자루 막대기로 허벅지를 맞았다. 엉덩이와 오금 사이
를 때리면 허벅지가 터졌다. 하지만 집에 오면 부모님께 들킬까봐
몰래 옷을 갈아입었다.

　"선생님 저 한테 왜 그러셨어요?"

나는 의자왕 손이다

아버님이나 어머니가 그때도 연세가 적지 않으셨으니까, 친할머니 할아버지는 이미 내가 태어나기 전에 돌아가셨다.

5학년 때인가 6학년 때였을 것 같다. 작은할머니가 집에 오신 적이 있다. 내가 어렸을 때 대화를 나눴던 가족 중에서는 가장 오랜 시간 대화한 상대로 기억된다. 작은할머니는 논산에 살고 계셨는데 서울에 올라오셔서 우리 집에 꽤 오래 계시면서 많은 이야기를 해주셨다.

"우리는 왕손이다. 백제의 마지막 왕, 의자왕의 후손이다. 의자왕 손이니 항상 어디 가도 왕처럼 기죽지 말고 살아야 한다."고 말씀하셨다. 지금 생각엔 별거 아니지만 어린 나이에 내가 왕의 후손이라는 이야기는 굉장히 멋있게 느껴지고 왕족이라는 것에 대해 자부심이 컸다.

"나는 부여 서씨다. 의자왕 손이다."

이천서씨, 달성서씨, 부여서씨. 서씨는 세 가지 열이 있는데 이천서씨가 제일 큰 집이고 달성이 둘째, 셋째가 부여다. 살면서 왕손

중학교 1학년 때 형과 사촌형, 조카

이라는 것이 크게 도움 될리 없지만 딱 한 번, 결혼할 때 도움이 되었다. 처가에 처음 인사 갔을 때 처 할아버지께서 이것저것 물어보시는데 연예인인 나를 이내 마음에 안들어하셨다. 그러다가 본이 어딘가 물으시고 의자왕 손이라고 말씀드리니까 그제서야 조금 표정이 풀리는 모습이었다. 처가 쪽은 경주 경순왕 손이라고 하시면서 왕가의 만남이라며 흐뭇해하시는 모습이었다. 옛날로 치면 신라와 백제의 만남이라고.

백제는 신라에 무릎 꿇었는데. 이건 뭐지?

나도 소년공이었다

내가 다닌 장훈중학교는 영등포역 뒤쪽, 신길동에 있었는데 정문 앞에 진로소주 공장이 있었다. 지금은 아파트 단지가 된 등굣길이 그땐 술 냄새 나는 길이었다.

중학교 때부터 나는 집에서 자는 시간 외에는 밖에서 친구와 있거나 아르바이트를 했다. 주로 친구 동섭이네 가게에서 시간을 보냈다. 동섭이네는 중앙시장에서 과일 장사를 했는데 정말 생활력이 강한, 보기 드문 친구다. 부모님을 도와 과일 장사도 하고 신문 배달도 하던 투잡러, 각자도생을 일찍이 시작한 친구다.

영등포 중앙시장 안에 청소년 직업훈련소가 있었다. 여러 사정상 학교에 못 들어간 사람들을 모아 기술을 가르치는 곳이었는데 일반 학교처럼 블록으로 만든 벽이 있었고 동섭이는 그 벽을 중심으로 한쪽에 천막을 치고 장사를 했었다. 나는 매일 저녁 방과 후 동섭이네 가게에 가는 게 일과였다.

학교에서는 오전 수업이 끝나고 점심시간이 되면 매일 승주와 운동장 한쪽 귀퉁이에 앉아 햇빛을 받으며 미래에 대한 소박한 이야기를 나누곤 했다. 승주는 장래 희망이 탤런트였다. 승주랑 서로 역할을 바꿔 가면서 연습해 보고 친구의 꿈을 응원했다. 그 당시 내가 가장 좋아했던 가수는 혜은이다. 혜은이의 본명이 김승주다. 어린 시절 친구 승주의 이름을 지금도 똑똑히 기억하는 이유는 혜은이 때문이다.

학교에 가면 승주와 미래를 이야기하고 저녁이면 동섭이네 과일가게에서 이런저런 이야기를 하며 시간을 보내다가 한밤이 되어서야 집에 간다. 그런 무의미한 날이 계속되던 어느 날, 여느 때와 다름없이 동섭이네 가게에 있다가 귀가했는데 아버지가 돌아가셨다. 어린 나이에 충격이라기보다는 그냥 어리둥절한 상태로 아버지의 입에 쌀이 물려지고 엄지손가락을 실로 묶어 엄지발가락에 연결하는 일련의 과정들을 보고 있었다. 아버지는 조용히 누워 입혀주는 수의를 받아들이고 있는 것처럼 보였다. 여기저기서 손님들이 오고 식사를 했다. 한쪽에서는 술 마시며 시끄럽게 떠들고 한쪽에서는 고스톱을 치며 소란을 피우기도 했다. 그렇게 저렇게 4일이 지나고 아버지를 태운 차는 경기도 인근 공원묘지에 아버지를 모셔놓고 흙을 덮었다.

아버지가 계시던 안방 한쪽에는 검은 천으로 비스듬히 모서리를 가린 초상화가 걸렸다. 어머니는 아침, 저녁에 밥과 국을 사진 앞에 올리고 숟가락을 꽂아놓으셨다. 그리고 하염없이 바라보는 모습이 어린 나이에도 편하지 않았다. 그 후 나는 더욱 집에 들어가기 싫어졌다. 아버지의 죽음은 다른 의미로 내게 정신적 어려움을 주었다, 수업 시간에 떠든다고 선생님께 걸렸는데 '니 애비도 죽고 뭐가 좋아서 떠드냐?'는 지적을 받았다. 정말 지울 수 없는 커다란 죄를 지은 기분이 들었다. 심지어 내가 떠들지 않았는데, 하지만 억울한 마음보다 죄책감이 더 컸다. 그 후 자격지심에 시달려야 했다. 학교 가는 게 힘들었다.

내게 그래도 힘이 된 선생님이 계셨는데 임성자 미술 선생님이셨다. 정말 미인이셨다. 임 선생님은 나를 많이 귀여워해 주셨다. 어린놈들이 뭘 안다고 미술 시간이 되면 '니 마누라 온다' 라며 부러워하기도 했다. 아버지의 죽음을 아시고 늘 격려해 주시고 용기를 주셨다. 좋은 선생님은 어두운 골목에 선 아이를 바르고 밝은 길로 인도한다. 아버지가 돌아가시고 가세는 급격하게 기울어졌고 형들은 뿔뿔이 흩어져 살게 되었다. 난 홀어머니와 당산전화국 옆에 판잣집이 많은 동네로 이사를 갔다.

고등학생이 되자 본격적으로 아르바이트를 해야만 했다. 지금은 없어진 '한서우유' 배달이 내 일이었다. 영등포 양남동에 있던 한서우유 대리점에서 우유를 받아 고정 고객 집이나 사무실에 배달을 하거나, 혹은 그냥 우유가 필요한 고객에게 판매하는 방식이었다. 500ml와 1000ml는 주로 술집이나 레스토랑에 판매했다. 그때 여의도 KBS 근처에 카페나 레스토랑 같은 게 많았다. 오후 4시경에 가면 장사를 하려고 막 가게 문을 연다. 그러면 앞뒤 없이 무조건 들어가서 판촉을 하는 것이다.

이미 다른 우유를 쓰는 곳이면 가격 경쟁으로 밀어붙인다. 무엇보다 고등학생인데 아르바이트를 한다고 하면 웬만한 사람들은 대부분 우유를 받아 주었다. 학생이라고 일부러 한 병 더 사주는 경우도 있었다. 인심이 살아있던 시절이었다.

어느 날 함박눈이 내렸다. 자전거에 우유를 가득 싣고 여의도로 힘차게 페달을 밟는데 눈에 가려진 빙판을 지나다 바퀴가 헛돌면서 자전거가 쓰러졌다. 무릎은 까지고 손바닥은 얼얼한데 아픔보다는 오고 가는 사람들의 시선이 더 따가웠다. 어쩌면 얼음에 미끄러진 게 아니라 평소에 내가 관심이 많았던 여학생이 이쪽으로 오는 것을 보고 미끄러진 건지도 모르겠다.

방학 때가 되면 풀타임 아르바이트를 했다. 부천에 있는 '성백공업사'라는 곳에서 프레스를 돌리고 선반이라는 기계를 돌렸다. 뒤에 다시 말할 기회가 있겠지만 민주당 이재명 대표가 고등학교 때 프레스 하면서 팔이 기계에 끼어서, 지금도 기형이라고 하는 기사를 보고 굉장히 마음이 아팠다. 노동력을 갈아 넣어 우뚝 세운 나라지 않은가. 오늘 내가 아닐 뿐 누구나 사고에 노출되어 있던 시대였다. 소년공 시절의 이야기에 동질감을 느끼고 공감이 되면서 마음이 울컥했다.

그런데 이재명이라는 사람은 나랑 다르게 당당함이 있어, 대단한 사람이구나 생각했다. 나 역시 방학 때는 공장을 다니며 돈을 벌어

선반기능사2급 악플에 답이 되었다

야 하는 학창 시절을 보냈는데, 사실 나는 그 자체를 부끄러워했다. 노동의 신성함 따윈 모르겠고 내게 가난은 감추고 싶은 것이었다.

언젠가 페이스북에 내가 지나가는 말로 '선반 국가 기능사 자격증 2급'을 가지고 있다고 밝힌 적이 있다. 그때 어떤 사람이 댓글에 욕을 하면서 "내가 선반을 40년째 하는데 지금도 2급 기능사 자격증을 못 따는데 너 같은 게 무슨 2급을 땄냐, 거짓말쟁이다." 라고 욕을 했다. 나는 자격증을 복사해서 페이스북에 올렸다. 그 댓글은 곧 사라졌다. 쉽게 딸 수 있는 것은 아니다. 하지만 그 사람은 모른다. 내가 얼마나 억척스럽고 끈기가 있는지…

교회 오빠

고등학교 3학년 어느 날 우연히 만난 동네 친구와 이야기하다 놀라운 사실을 알게 되었다. 친구는 영등포 성결교회를 다니고 있었다. 당산전화국 바로 옆에 있는 교회인데 그곳에서 말도 안 되는 일이 벌어지고 있다고 했다. 고등학교 2학년 후배들 중에 몇몇 애들이 3학년 선배들의 돈을 빼앗고 괴롭힌다는 이야기였다. 그야말로 말도 안 되는 소리였다. 나는 그길로 바로 교회에 나갔다. 결론이 이상하긴 한데, 내 성격상 그런 것을 못 보는 편이다.

교회에서 새 신자 인사를 하는데, 내가 교회에 다니게 된 것은 하나님을 믿기 위해서가 아니고 이 교회에 2학년 애들이 불량스럽게 3학년들을 괴롭히고 시비 걸고 돈을 빼앗는다는 얘기를 들어서 그 문제를 해결하러 왔다는 식의 허세 가득한 인사였다. 소문은 빠르게 퍼져서 2학년 불량학생 당사자 사이에 난리가 났다. '저 새끼 뭐지' 하면서 나를 노리고 있었다. 몇몇 2학년 애들은 내놓고 인상을 쓰며 나를 대했다. 그리고 곧 그들의 '짱'을 만났다. 먼저 시비를 걸어왔다. 그들의 요구대로 둑으로 갔다. 지금의 파천교 옆이다. 인적인 드문 한적한 곳이었다. 나는 혼자이고 그들은 4인이 따라붙었다.

그넘 : 다구(무기들고)로 할래 완타치(주먹만)로 할래?
승만 : 너 편한 거로 해
그넘 : 좋아. 완타치로 가자
승만 : 콜!

그놈은 거꾸러졌고 따라온 애들은 자동으로 정리가 되었다. 마치 무협지의 한 장면 같지 않나. 아니다 실제 싸움은 항상 좀스럽다. 싸움 얘기는 눈덩이처럼 살이 붙어 퍼진다. 그 후 관악고등학교 '파이오니아'라는 서클에 일진이란 놈이 찾아왔다. 전교 짱먹던 놈인데 나와 아주 주먹으로 친해지고서 덩달아 착해져 2년간 열심히 공부해서 인천대학교에 입학, 컴퓨터 공학을 전공해서 지금은 평범하지만 잘살고 있다.

이렇게 내 종교 생활은 신앙심이 없이 시작되었지만 나름 멋진 일을 했다는 자부심을 주었다. 서열이 정리가 되자 이후엔 거꾸로 그들과 친해지면서 교회는 내게 재미있는 곳. 좋은 곳이 되었다. 위로와 평안을 얻었다. 심야 예배도 빠짐없이 참석하고 주일예배도 열심히 다녔다.

어려서부터 운동을 했었다

2

이른 사회생활

첫 스탠딩 개그

나도 모르게 독실한 기독교인이 되어가고 있었다. 그러던 어느 날 변태희라는 동생이 갑자기 나한테 물었다.

"형 이번에 교회에서 문학의 밤 하는데 형도 같이해요."

1년에 한 번씩 문학의 밤을 하는데 거기에서 콩트·연극·합창 이런 걸 한다는 것이다. 나는 콩트를 하게 되었는데 대본을 준비해서 혼자 서서 하는 일명 스탠딩 개그였다. 내용은 여자친구 이야기. 붕대를 얼굴에다 감고 등장하는데 눈탱이를 얻어맞은 내용이었다. 여자친구한테 까불다 맞아 밤탱이가 됐다는 스토리로 반응이 아주 좋았다. 그때 다른 교회에서 온 교인들도 콩트를 봤고 이게 소문이 나면서 나는 여러 교회에 초청되어 공연을 다녔다.

가방에는 빨간약과 붕대를 넣어 다녔다. 순회공연이라 할 만했다. 그런 와중에도 매주 금요일에는 잊지 않고 철야 예배를 나갔다. 교회에 가면 사람들이 나를 많이 좋아해서 나도 좋았다. 김태경이라는 청년부 회장님은 기도할 때마다 내 이야기를 같이했다. 그렇게 넘치는 사랑과 관심을 받아 본 적은 처음이었다. 나는 사랑받는

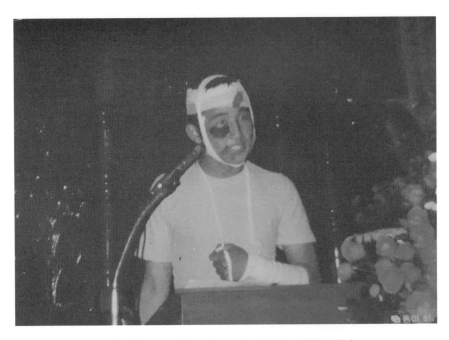

문학의밤 〈여자친구〉라는 소재로 스탠딩 코미디를 했다

존재라는 걸 알게 된 계기였다. 추억해 보면 교회를 다니던 그때 정말 즐거웠다. 사랑받기도 했지만, 나는 다른 사람을 돕는 기쁨도 누릴 수 있었다. 크리스마스, 연말연시가 되면 친구들과 선배 몇 명이 불우이웃 돕기 행사를 했었다.

난 그림을 잘 그리는 편이었다. 크리스마스카드를 만들어 그걸 영등포 로터리에서 팔았다. 땅바닥에 깔아놓고 불우이웃 돕기 성금 모금을 위한 장사를 했다. 그 수익으로 고아원에 방문하여 아이들과 함께 놀아주기도 하고 선물도 나눠주기도 했다.

또 한겨울, 밤이 깊어지면 마른 골목을 다니며 구성지게 "메밀묵 사리-여~ 찹쌀~뜨억"하며 소리를 높였다. 지금도 마찬가지지만 고급 승용차를 타고 다니던 사람들이 차를 세우고 와서 불우이웃 돕기 헌금함에 돈 내는 사람은 한 번도 못 봤다. 성금을 내는 대부분이 손수레를 끌고 다니면서 힘들게 장사하는 할아버지, 종이 줍는 할머니, 가판 장사하던 아저씨·아줌마, 이런 분들이었다. 바지 주머니에서 꼬깃꼬깃 접혀 있는 지폐를 꺼내서 주기도 하고 동전을 쥐어 주기도 했었다.

지금이나 그때나 삶의 환경이나 편의성 이런 거는 많이 바뀌었지만, 이웃 돕는 모습은 똑같다. 서민을 위한 정치를 하겠다고 하면서 평소 떵떵거리고 사는 정치인을 보면 의심부터 되는 것도 그런 경험 때문인 것 같다. 친구들과 함께 춥고 힘들게 벌었기 때문에 액수는 크지 않았지만 보람은 컸다.

첫 초청 공연 문학의밤 이후 소문이 나서 난생 처음 초청 공연을 했다

안녕하세요,
참가번호 1번입니다

교회에 김태경이라는 청년부 회장님이 계셨는데 나보다 세 살 정도 많은 형이었다. 어느 날 그 형이 급히 나를 찾았다. MBC 문화방송국에서 개그맨을 뽑는다고 하였다. 1982년 MBC 개그맨 콘테스트. 나에게 도전해 보란다. 형은 조용한 성격에 정말 다정한 사람이었다.

"너는 분명히 될 거야."

문학의 밤에서 콩트하고 연극하던 모습을 보고 너무 웃었다며 용기를 주었다. 무조건 훌륭한 개그맨이 될 거라며 격려와 응원을 해줬다. 형이 원서를 가지고 왔다.

"이번에 무조건 해봐라. 내가 기도할게."

그러나 사실 난 용기가 없었다. 공개 시험이나 콘테스트라는 걸 해본 적이 없으니 당연한 일이었다. 자신 없어 하는 나에게 용기를 주기 위해 급기야 그 조용한 형이 같이 나가자고 했다. 나는 놀랐다. 평소 너무나 얌전한 분이 나를 위해 같이 개그맨 시험을 보겠다니 거절할 수 없는 상황이었다. 평소 고등학교 윤리 선생님이나 서당 훈장님 같은 형이 어떻게든 나를 시험장에 데려가려고 한 것이다. 울며 겨자 먹기 심정이지만 또 약간의 기대감으로 준비를 시작했다. 우선 접수를 하고 바로 연습으로 들어갔다. 후배들 앞에서, 또는 금요일 철야 예배 볼 때도 해보면서 조금씩 다져 나갔다.

콘테스트 당일이 됐다. 지금은 없어졌지만 서대문 사거리에서 광화문 사거리 쪽으로 조금 경사진 도로를 따라 올라가다 보면 덕수궁으로 가는 길이 나오는데 큰길 초입에 지금의 경향신문사 건물이 있고, 건물 5층에 문화체육관이 있었다. 이 건물에 MBC 라디오 방송국 스튜디오가 있고 연습실도 있었는데 문화체육관 통로로 연결되어 있었다. 문화체육관은 1천여 명 이상 수용 가능해 보였다. 시간이 되자 지원자들이 모였고 대기실에는 개소리·닭소리 연습하는 사람. 이주일 연습하는 사람, 큰 리액션으로 웃는 사람 등 그냥 보기만 해도 즐겁고 재미있었다. TV에서 보던 엄용수 형이 진행을 도왔는데. 처음 본 인상이 참 착해 보였다.

나는 순서를 기다릴 필요가 없었다. 첫 번째 순서였다. 어떤 경연이든 순서도 운이 따라야 하고 중요한데 관객이 들어오고, 심사위원이 막 앉자마자 바로 시작해야 했다. 라디오와 동시 송출되는 것 같았다. 나와 김태경 회장은 왼쪽 가슴에 참가번호와 이름을 붙였다. 1번.

"안녕하세요. 참가번호 1번입니다"

나도 긴장을 했는데 아니나 다를까 형 역시 긴장한 티가 확 났다. 무대에 오르자 눈부신 조명과 관중들의 함성에 저절로 기가 팍 죽은 것 같았다. 연습한 걸 충분히 다하지 못했다. 아쉬움이 컸음에도 다른 경쟁자들의 준비된 내용이 재미가 있어서 우리는 우리 순서가 끝나고 나서도 방청을 했다.

그때는 모든 출연자 순서가 끝나면 결과를 그 자리에서 발표했다. 우리 팀은 떨어졌다. 들어보니 이미 라디오와 각종 프로에서 충분하게 훈련이 된 최병서 형과 황기순 등 열 개 팀이 뽑혔다. 부러운 마음에, 내 잘못인데도 '혼자 나갈 걸 그랬나?'하며 고마운 태경 형을 잠깐 원망하기도 했다.

수상자들은 따로 모이고 탈락자들은 귀가. 난 힘이 빠져 덕수궁 쪽으로 걸어 나오고 있었다. 그때 개그맨 김정렬 형이 나보고 잘했다며 격려해주었다. 그때는 정렬이 형이 유명하지 않았지만 MBC TV를 통해 얼굴은 조금 알려진 사람이었다. 엉뚱한 발명품을 소개하는 코너를 했었는데 마지막에 진행자가 장래 희망을 물어보면, '방송 출연!' 외마디 유행어를 남기며 끝나는 코너였다. 어려서부터 코미디 프로를 거의 다 시청하던 나는 단번에 정렬 형을 알아봤다. 이것도 인연인데 언제든지 연락하고 힘내라는 말을 했다. 그때는 스마트폰 같은 게 없었다. 연락하려면 집으로 하거나 방송국 코미디언 실을 통해야 했다.

며칠이 지났다.

쉽지 않은 콘테스트 좌절감을 처음 담배의 쓴맛으로 느꼈다

어느 날 우연히 버스를 타고 돌아오다 라디오를 들었다. 반가운 목소리 정렬 형이 나왔다. 전화번호를 만지작거리다 혹시나 하는 마음에 전화했다. 형은 아무것도 아닌 나를 반기며 광화문에서 차 한 잔 하자고 했다. 전화하라는 말이 형식적인 인사치레가 아니었다.

'폭소기동대'. 코미디언 이상해 선배님과 영화배우 강주희 씨가 진행하는 MBC 라디오 프로그램이다. 김일수라고 라디오국 PD였는데 그분이 나를 한 번 보자고 했다. 아이디어가 있으면 가져오라는 말에 나는 그 길로 교회로 달려가 대본을 썼다. 그리고 그날 이후 엄용수, 김정렬, 김보화, 황기순 등과 함께 폭소기동대에 출연했다.

라디오 방송이 끝나면 함께 했던 출연진들은 '영11'이라는 TV 프로그램에 출연하기 위해 여의도로 향했다. 그들이 부러웠다. '영11'은 이택림 씨가 사회를 보던 프로그램인데 공개 개그 프로였다. 정렬 형이 놀러 갈 겸 같이 가자고 하여 처음으로 여의도 MBC 공개홀을 찾았다. 화려한 조명과 멋진 무대, 신나는 음악, 그야말로 황홀한 경험이었다. 녹화가 끝나자 정렬 형이 신종인 PD에게 나를 소개해 주었고 신종인 PD는 처음 본 나에게 내일부터 나오라 했다.

나는 방송국이 처음이라 개그 대본을 짜는 것도 초짜여서 잔심부름하며 이것저것 닥치는 대로 배웠다. 한겨울에 컵라면 심부름을 하거나 녹화날 선배들 소품을 챙기고 의상 챙기는 게 주된 업

무였다.

주말에는 정렬 형과 친구 황기순, 셋이 자주 어울려 다녔다. 대전이 고향인 기순이 덕에 매주 토요일만 되면 대전 나이트클럽에서 춤추고 술 마시고, 그냥 매일 즐거웠다.

나중에는 강석 선배가 영등포 시장 로터리에 나이트클럽을 운영하게 되었는데 후배 개그맨들은 나를 포함해 밤마다 놀러 갔다, 간 김에 무대에 올라 진행을 도왔다. 끝나면 늘 술과 푸짐한 안주가 있었다. 그 재미에 자주 나이트클럽을 찾았고 우리는 거의 매일 어울렸다. 그중에 같이 데뷔한 김○○이라는 사람이 있었다. 나보다 두 살 많은 형이다. 정렬 형이 기수로는 선배지만 둘은 동갑이라는 이유로 친구처럼 지냈다. 그런데 이 사람은 술주정이 심했다. 술만 마시면 정렬 형과 기순이 또는 나를 툭툭 때리거나 욕을 심하게 했다. 심지어 따귀를 때리기도 했다. 어느 날 그의 주정을 보다못해 내가 한마디 했다. 그러자 그는 술 때문인지 형 동생을 떠나서 한판 붙자고 했다. 정렬이 형도 기순이도 불편해했다. 결국은 싸움이 났는데 그 사람이 많이 다쳤다. 그리고 헤어졌는데 다음 주 녹화하는 날 그는 방송국으로 찾아와 신종인 PD에게 일렀다. 그 일로 PD로부터 그만 나오라는 말을 들었다. 쉽게 말해 잘렸다. 정말 하고 싶었던 코미디를 못 하게 된 허망함에, 주어진 기회를 한순간에 놓친 것 같아 하늘이 무너지는 기분이었다.

1982년 정렬이 형과 함께 불우이웃돕기 일일 카페

서울예대 무용과

미래가 캄캄한 것이, 한참을 공황상태로 지냈다. 고민 끝에 입시를 보기로 결심했다. 서울예술대학교 전신이었던 서울예전 무용과에 지원을 했다.

다른 수험생들은 창작 무용 작품을 준비해 왔다. 난 딱히 학원도 선생님도 구할 형편이 못 되었고, 예대 입시에 대해 아는 것도 없어서 작품을 준비하지 못했다. 실기 시험을 보는데 어려서 배운 탭댄스를 잠깐 선보이고 물구나무를 서고 텀블링을 하고 스트레칭을 해 보였다. 그리고 무용을 제대로 배우지는 못 했지만 충분히 할 수 있는 몸을 가지고 있다고 스스로를 어필했다. 기대를 할 수 없는 상황이었지만 합격했다. 간절함을 보셨던 것 같다. 영화배우 허준호와 같은 무용과 친구가 되었다. 동기들로는 최재성과 가수 정재은 등이, 1년 선배로는 최명길·최민수 등이 있었다.

얼마 후 신입생 환영회를 했다. 남산 자락에 있는 서울예대 안에 제법 큰 공연장이 있었는데 예술대학이다 보니 다른 학교 학생들도 관람을 왔다.

신입생 환영회에서 나의 진가는 발휘되었다. 자리를 꽉 채운 학생들과 관계자들은 거의 숨을 못 쉴 듯 웃었다. 10분 정도 스탠딩 개그를 했는데 반응은 그야말로 감동이었다. 그리고 몇 개월 후 서울예전 학교축제 메인 MC를 맡게 되었다. 축제 후 소문이 퍼져 여러 대학교에 초청을 받았다. 태어나서 처음으로 출연료를 받는 초청 공연을 시작했다. 대학교 1학년생 치고 제법 비싼 가격에 MC를 다녔다. 대학가에서 나름 유명 스타가 되어가고 있었지만, 마음 한곳에는 늘 쫓겨난 것 같은 방송에 대한 공허함이 있었다.

방송국에서는 이미 잘렸고 행사 위주로 활동하다 보니 학교도 곧 시큰둥해졌다. 그러다가 우연히 영등포 한강성심병원 옆에 '난다랑'이라는 레스토랑 분위기의 술집에 들어가게 되었다. 친구와 지나는 길에 들른 곳이었는데, 그곳은 술 마시러 온 손님들을 상대로 쇼를 보여주는 곳이었다. 무명 가수들과 코미디언들이 나와 쇼를 했다. 재미가 없었다. 난 끼를 못 감추고 웨이터에게 MBC 개그맨 출신인데 혹시 무대 한 번 서 볼 수 있냐며, 무대에 서게 해달라고 부탁했다. 웨이터는 사장에게 물어본다며 가더니 잠시 후 무대에 서게 해주었다. 나는 늘 하던 소재로 스탠딩 개그를 했다. 손님들 반응이 좋았다. 무대에서 내려와 술을 마시고 있는데 주명노라는 사람이 다가와 명함을 주며 말을 걸었다. '제7광구'를 부른 가수 정란희와 몇 명의 연예인이 소속된 기획사 대표였다. 일을 같이 해보자고 했다. 마다할 이유가 없었다. 무대에 서는 게 무조건 좋았을 때였다. 그때부터 이름하여 야간업소를 다니며 공연했다. 소문이 나면서 찾는 사람이 많아졌고 하룻밤에도 여러 업소를 옮겨 다니며 일했다. 열심히 했다. 생각지도 못했던 많은 돈을 벌었다.

서울예대 시절 서울예대 무용과 가방에는 한복과 슈즈가

10억이라고요?

야간업소 시절, 롯데 백화점 건너편에 코스모스 백화점이라는 곳이 있었는데, 그 밑에 500 평짜리 '카사노바' 성인 나이트클럽이 있었다. 나는 연예인이 아니라서 오디션을 봐야 했다. 그리고 '카사노바'에서 오랜 시간 일을 했다. 사장님은 '미라신 코리아'라는 영화사 대표였는데 제법 많은 영화를 만드신 분이다. 사장님의 형제들은 서울 시내 곳곳에 크고 유명한 술집을 운영하고 있었다. '초원의 집', '무랑루즈' 등등 이름만 들어도 추억을 소환하는, 한 시대를 풍미한 장소다. 항간의 소문에 의하면 무랑루즈나 초원의 집. 카사노바 중 한 군데에 물수건을 납품했던 분이 벤츠 탄다는 말이 있었을 정도였다. 하루 매상이 아파트 한 채란 말도 있었다.

유흥업소 사장님의 영화사 대표 직함에는 사연이 있었다. 당시 여섯 살짜리 딸과 차를 타고 가던 중 딸이 "아빠는 직업이 뭐야?"라고 물었단다. 사장님이 당황해서 어쩔줄 모르고 있는데 마침 '명보극장'이 보여 "아빠는 영화를 만드는 사람이야."라 했다. 그리고는 딸에게 한 약속을 지키기 위해서 많은 고심 끝에 준비해서 만든 영화가 '꽃잎'이라고 광주 민주항쟁의 의미를 담은 영화였다.

추진력과 실행 능력이 대단한 분이었다. 사장님은 나를 좋아하셨다. 그러던 어느 날 사장님이 나에게 전속 계약을 하자고 제안했다. 내가 연예계에서 계속 연예 활동을 하는 동안 사장님은 기획사 매니저이고 나는 소속 연예인으로, 함께 일하자고 하셨다.

계약금 10억!

조건이 엄청났다. 지금도 적은 금액이 아니지만 그때는 아파트 한 채가 1천만 원 정도 할 때이다. 10억이면 아파트를 100채 살 수 있었다. 순간 눈이 휘둥그레졌는데 현실감 없는 금액과 마음의 부담감이 너무 컸다. 나는 그 많은 돈을 쓸 일도 없었고 지킬 자신도 없었다. 난 가난하게 커서 돈이 생기면 막 쓰는 스타일이었다. 내 주변 어렵게 자란 사람들은 대부분 돈을 못 쓰는데 바보 같은 생각이라 믿었다. 없을 때는 쓰고 싶어도 없어서 못 쓰는데, 있어도 아까워서 못 쓰면 진짜 불쌍한 거라 생각했다. 그때 엄청난 금액에 계약을 했다해도 지금껏 남아 있으리란 보장도 못 하지 않은가! , 라고 오늘도 정신승리 중이다. 좌우간 사장님과는 아직도 가끔 연락하는 사이이다. 옛날 얘기하며 좋은 관계로 지내고 있으니 그게 더 좋은 것 같다.

내가 쓴 대본으로 방송을

야간업소에서 일했지만 난 언젠가 반드시 방송국에 들어갈 것이라 생각하고 쉬지 않고 대본을 준비했다. 그러던 중 우연히 조정현 선배를 만났다. 여의도 모 술집에서 한잔 하며 이야기를 나누던 중 글 쓰면서 마음의 준비를 한다고 하자 방송 가능한 대본인지 써 와 보라고 했다.

그 후 매주 일요일, 김병조 선배가 진행하던 '일요일 일요일 밤에'라는 프로그램 한 코너가 내가 쓴 대본으로 만들어졌다. 이경규·김보화·김정렬·김창준 등이 출연자로 연습때면 난 내가 쓴 대본을 들고 조정현 선배 집에 가서 직접 시범을 보였다. 연극 무대처럼 공개로 진행되는 코너였기 때문에, 내가 생각하는 동선을 설명해야 했다. 작가의 의견과 뜻이 전달되어야 했기 때문이다. 연습을 하고 대본대로 방송이 되었다. 매주 내가 쓴 대본이 방송되는 게 재미있었다. 그리고 자신감이 생겼다. 그 후 조정현 선배가 출연하는 적지 않은 코너 대본을 내가 썼다. 이경실·노유정·조정현, 셋이 하는 '노총각 일기'라는 코너도 인기 있었다. 작가료 10

일요일 일요일밤에 내가 쓴 코너가 방송 되었다

원 한 푼 못 받 았지만 내가 쓴 대본이 코미디로 방송이 된다는 것
만 해도 굉장히 행복했다. 나는 코미디 작가로 개그맨으로 충분히
준비를 하고 있었다.

그 시기 경험들은 개그맨이 되고 나서도 많은 도움이 되었다.
내가 출연하는 코너는 대부분 스스로 쓸 수 있었고, '웃으면 복이
와요', '오늘은 좋은 날'. '웃는 세상 좋은 세상' 등을 통해 동료 개그
맨들에게도 출연 기회를 줄 수 있었다.

웃으면 복이와요 작가

MBC 간판 코미디 '웃으면 복이 와요'는 오래전부터 생겼다가 어느 정도 인기를 끌다가 시들해지면 다시 없어졌다가 또 좀 쉬다가 다시 또 생겨나고, 이걸 계속 반복하면서 살아남은 프로였다. 그러니까 MBC의 간판 코미디 프로그램이라고 얘기할 수 있다. 이 프로그램 작가를 했었다.

'만주에 뜨는 별'이라는 코너는 개그맨 조정현 선배가 독립군으로 나오고 독립군을 괴롭히는 일본 형사들이 다섯 명 나온다. 형사들은 캐릭터별로 나와 독립군을 괴롭히는데 마지막에는 오히려 당하는 구성이었다. 그 대본을 내가 썼다. 이재포·배영만·배연정·한무, 어설픈 일본 형사들이 등장해서 독립군을 고문하다가 본인들이 당하는 그런 의미 있는 코미디였다.

연출하시던 전우중 국장님이 나를 좋아해 주셔서 작가도 시키고 출연도 시켰다. 물론 작가료 출연료 다 받으니 난 즐겁고 좋았다. 그때 조정현 선배가 그 코너로 인기몰이를 하면서 광고를 찍었다. 광고 출연료 받았다고 한턱 쏜다고 해서 연출님과 출연진 모두 조용하고 운치 있는 고급 카페에 갔다. 즐겁게 술을 먹다가 갑자기 조정현 씨가 나를 불렀다. 그때만 해도 군기가 쎘다. 긴장하고 화장실로 따라갔다. 가자마자 조정현은 차렷. 열중 쉬 엇, 하더니 조용하게 경고한다.

"안주 좀 그만 처먹어."

이후 다양한 프로그램에서 작가로 활동도 하고 출연도 하게 되었다. '웃는 세상 좋은 세상', '오늘은 좋은 날' 등등 방송 데뷔하기 전에 했었던 많은 작업들이 큰 도움이 되었다. 바람잡이 했던 그때 대본을 매주 준비했던 것도 결국은 내 자산이 돼 주었다.

3

꿈을 이루다,
방송인

데뷔보다 어렵다는 컴백

88올림픽이 끝날 즈음 병역도 마치고 개그맨의 꿈을 향해 다시 준비를 시작했다. 조정현 선배가 소개한 여성 파트너와 내가 직접 작성한 대본으로 팀을 꾸렸다. 그리고 당당히 콘테스트에서 1등을 먹으며 복귀에 성공했다.

　7년이란 긴 시간, 시스템이 많이 바뀌었다. 83년도부터 89년도까지 기수별로 개그맨들을 뽑아놨다. 나 때문에 시쳇말로 족보가 꼬였다. 난 기순이랑 동기로 활동했는데, 그동안 들어온 개그맨들은 나를 후배 취급했다. 기수별로 뭉쳐서는 고질병 중 하나인 군기 문화란 것을 퍼트려 놓고 있었다. 나이도 어리고 데뷔도 늦은 애들이 선배라고 수시로 후배들을 집합시키고 심지어 나보다 훨씬 어린 여자가 담배 심부름을 시키기도 한다. 또 잘릴 수는 없어서 참았다. 장황한 잔소리에 특별한 이유도 없다는 것이 기합의 백미다.

집합의 추억

신인 시절 MBC '일요일 일요일 밤에' 프로그램 안에 '헬로우 일지매'란 인기 코너가 있었는데 우리 동기 10인은 덜덜이로 출연했다. 덜덜이는 방송가에서 엑스트라를 낮잡아 일컫는 말이다.

간단한 역할이다. 주인공이 발차기하면 한 대 맞고 잘 나가떨어지면 되는 것이다. 매주 월요일 아침 용인 민속촌에서 새벽부터 촬영이 시작되었다. 우리 동기들은 한겨울에 여의도 MBC 앞에서 출발하는 관광버스에 실려 민속촌에 간다. 가자마자 분장부터 하고 선배들 소품과 의상을 정리했다. 점심시간에는 주로 민속촌 앞에 있는 식당에 가서 밥을 먹는데, 늦으면 혼나기 때문에 한겨울에도 찌개를 시키면 찬물을 부어 말아 먹기도 했다. 주인공을 제외하면 거기서 거기인 덜덜이들인데 그 와중에도 PD한테 잘 보이려고 아부하는 개그맨들이 있었다.

어느 추운 겨울, 일지매 출연 스케줄이 있었다. MBC 한선교 씨가 진행하는 아침 프로그램에 캐스팅되어 지방에 취재를 다녀왔다. 리포팅 후 추가 내용이 있어서 아침 생방송에 직접 출연하여 설명해야 하는 상황이 벌어졌다. 일지매 PD에게 상의했고 끝나자마자 오라는 답을 받았다.

당일 아침 생방송을 끝내고 길에 나서니 눈이 엄청나게 왔는데 차도 없고 녹화장까지 갈 방법이 막막했다. 간밤에 쌓인 눈으로 택시도 잘 안 잡히는 상황이었다. 겨우 택시를 잡아 20만 원을 주고 용인까지 가기로 했다. 신인 시절 돈도 없는데 그게 상책이었다. 다행스럽게 9시쯤 도착했다.

PD한테는 10시쯤 도착할 것 같다고 했는데 무려 1시간 일찍 도착했다. 그래도 급한 마음에 민속촌 입구 버스에서 의상을 갈아입고 거리가 꽤 멀었는데 촬영 현장까지 뛰었다. 촬영이 한창 진행 중이었는데, 잠시 쉬는 시간에 PD에게 인사하고 다른 스텝들에게도 미안하다고 인사를 했다. 그 순간 최○○라는 선배가 다가오더니 다짜고짜 따귀를 때렸다. "방송이 장난이야?" 갑작스럽고 어이가 없었다. '이런 미친놈이 있나?' 순간 화가 머리끝까지 올랐지만 '참아야 되나, 그냥 들이박고 관둬야 되나', 별의별 생각이 들어 혼란스러웠다. 그러더니 "감독님 제가 혼냈습니다" 하며 PD에게 꼬리치는 개처럼 달라 붙었다. 한쪽에서 조정현 선배가 다급한 눈짓으로 나를 말렸다. 동기 임종국이 내 어깨를 감싸며 한쪽으로 끌듯이 데려가 후다닥 담배를 물려준다. 정말 미칠 거 같았다. 억울함이 오래갔다. 문득 이런 것들이 일제 강점기 때 태어났으면 제일 먼저 창씨개명하고 앞장서서 일본의 개가 됐을 놈이다 싶었다. 나는 독립운동은 못해도 개는 아니다. '내가 선배가 되면 이런 건 없애야지' 각오했던 날이다.

나보다 20년 이상 어린 후배들도 '승만아~' 하며 반말하고 장난친다. 그렇다고 그들이 나를 무시하는 건 아니다. 그냥 편하니까 그런다. 내가 선배가 되고 집합과 군기라는 문화를 없앴다. 기본적으로 내가 즐거워야 남을 웃길 수 있는 것 아닌가. 선배들이 강압적으로 한다고 웃길 수는 없다. 난 충고도 안 한다. 오히려 후배들에게도 충고를 듣는 편이다. 부모님들이 판사 되라, 의사 되라, 박사 되라, 공부 좀 해라. 분명 이랬을 텐데도 말 안 듣고 개그맨 된 사람들이다. 부모 말도 안 듣는데 선배가 얘기한다고?

어느 날 모 선배가 나를 불러서 후배들 정신 차리게 집합 좀 시키라고 했다. 본인도 언제 무슨 이유로 모이라는 이유도 없이 그냥 입버릇처럼 말한 거 같았다. 그리고 며칠이 지났다. 이 선배는 나를 부르더니 화부터 내며 묻는다.

선배 : 너 왜 애들 집합 안 시켜?

승만 : 시켰는데요.

선배 : 언제?

승만 : 2050년도 크리스마스 이브 때요

선배 : 뭐 이 새끼야?

승만 : 언제 집합하는지 말은 안 해서 그냥 여유 있게 잡은 건

데요?

선배 : 이 새끼가 장난치나?

몇 대 맞았다. 아무도 몰라 주지만 기분 좋았다. 그간 많은 개그맨들이 들어왔다가 불합리한 문화 속에서 적응 못하고 그만두기도 하고 다른 일을 찾아 떠났다.

시간이 한참 지난 후, 대한민국을 월드컵 4강 신화로 이끈 히딩크 감독이 학연, 지연, 혈연, 이런 거 없애고 상하복명의 위계질서를 재편해서 선수끼리 친구처럼 지내게 했다는데 고개가 끄덕여졌다.

어느 날 조정현 선배가 물었다.

정현 : 끝나고 어디가냐?

승만 : 인천 가는데요?

정현 : 그려 그거참 잘됐고만

승만 : 왜요?

정현 : 가는 길에 태릉에 좀 내려줘

완전 반대 길이다. 세바퀴라는 MBC 프로에서 이야기 한 적이 있다. 다들 웃느라 정신 없었다. 지금 많은 개그맨 후배들의 마음은 그럴 것 같다.

"선배한테 혼나고 집합을 당해도 코미디 프로그램이 있었으면 좋겠다."

코미디가 없는 각박한 세상이다.

장기자랑하고 방송 정지당하다

혹시 인생에 지금, 어떤 이유로 좌절하고 힘든 분들이 계신다면 절대 좌절. 실망하지 마시라는 말씀을 드리고 싶다. 인생은 기다림이라고 한다. 기다리면서 뭔가 열심히 자기 일을 하다 보면 좋은 날도 올 거다. 오랜 시간 방송하면서 한때 조금 얼굴도 알려지고 각종 행사부터 연극. 뮤지컬 오페라 등 활동도 열심히 했다. 물론 기분 좋은 날도 있었다. 그러나 좌절하고 힘든 시기가 있었다. 앞서 밝힌 것처럼 82년도에 MBC에서 처음 활동하다가 불미스러운 일로 짤리고 힘들게 야간업소를 돌며 살았다. 군대 제대하고 89년도에 시험을 봐서 다시 방송국에 들어왔다. 무슨 일이 있어도 참고 성공하고 싶었다. 하지만 인생에는 생각지도 못한 곳에서 지뢰가 터지듯 하는 순간이 있다.

MBC 다시 들어와서 얼마 안 됐을 때 코미디언실에서 단체로 도고온천으로 연수를 갔다. 제작부 PD들과 함께 했다. 근데 말이 연수지 간단한 식순에 이어 저녁 식사하며 술도 마시고 여흥을 즐기는 행사다. 평소 TV에 출연하여 웃기고 재밌는 코미디언들이 모였으니 나는 장기자랑 시간이 너무 기대되었다. 근데 여타 모임의 장기자랑 시간과 다를 게 별로 없었다. 선배 노래하고 이어 후배 노래하고 PD 나와서 노래하고.

동기들과 선배들, PD 앞에서 나는 존재감을 인정받고 속칭 뜨고 싶은 욕심이 생겼다. 손을 번쩍 들며 '저도 한 번 시켜주세요' 그리고 무대에 올라가 내 소개를 했다.

"저는 이번에 개그맨 콘테스트를 통해 새로 들어온 신인 개그맨입니다. 여러분이 박수 주시면 여러분 앞에서 재롱 한 번 떨겠습니다."

박수 소리와 함께 춤을 추었다. 평소 춤에 자신 있었다. 신나는 음악에 맞춰 열심히 춤을 추는데 별 반응이 없었다. 나는 당황해서 그 자리에서 즉흥으로 스트립쇼를 했다. 스트립쇼는 밤무대 클럽에서 비키니를 입고 추는 무용수들의 춤이었다. 완전히 흐느적거리는 야한 춤이었다. 순간 분위기는 난리가 났다. 휘파람 소리와 박수 소리 완전 대박이다! 분위기는 후끈 달아 올랐다.

"이야 저놈 뭐야?"

"완전 물건 하나 들어왔네."

"저놈 키우자!"

그 자리에서는 완전히 뜨는 분위기였다. 그런데, 그중에 직급이 높았던 PD 한 분이 나를 '도라이'로 봤다. 들어온 지 얼마 안 되는 놈이 방송국장·부장, 정말 높으신 분들 앞인데 어떻게 저렇게

문화방송행사 춤으로 일단 죽였다.
수다도 춤도 되는 몸이다

뛰어다닐 수 있나? 분명히 문제 있는 놈일 수 있다. 함부로 출연시키면 방송사고를 낼 수도 있다. 그 후 89년도에 같이 들어온 동기들은 여러 가지 배역을 받아서 여기저기 출연을 시작했지만 나는 거의 1년 넘게 아무것도 못 했다. 방송 출연 정지를 당한 것이다. 힘들게 고생하다 다시 들어온 방송국인데, 또 좌절하고 힘들었다.

'청춘 행진곡'이라는 프로그램이 있었는데 여의도 방송국 중에 제일 큰 공개홀에서 방청객을 초대해 공개로 진행된 프로그램이다. 동기들은 각 코너에 캐스팅되어 출연하고 조금씩 이름을 알리기 시작했다. 무대에서 이루어지는 공개 방송은 한 코너가 끝나면 세트를 바꾸는 데만 시간이 30여 분 필요하다. 막을 내리고 세트를 바꾸는 동안 선배들과 동기들이 돌아가며 마이크를 잡고 방청객들의 무료한 시간을 재밌는 입담으로 달래주곤 했다. 이름하여 바람잡이! 한쪽 구석에서 보고만 있는데 어떤 선배가 구경만 하지 말고 너도 해보라고 무대로 나를 내보냈다. 밀리듯 나가서 마이크를 잡았다. 기회가 왔다. 방청객들은 거의 쓰러지고 자지러지게 웃었다. 난리가 났다.

녹화가 끝나고 지석원이란 PD가 나를 불렀다.

"다음 주부터 막간 진행은 그냥 너 혼자 해라"

매주 '청춘 행진곡' 막간 진행은 내가 맡았다. 난 '바람돌이'라는 별명을 얻었다. 국내 최초 바람잡이로 출연료를 받았다.

프로그램 시작하기 전에 20분에서 30분, 코너 바뀔 때마다 20분이상 스탠딩 코미디를 했다. 코너가 여덟 개나 되다 보니 하루 3시간에서 4시간씩 혼자 원맨쇼를 해야 했다. 내가 진행하는 시간이 재밌다고 소문이 나면서 매주 녹화 날 MBC 문화방송 사장님부터 직원들이 와서 구경했다. 주방에서도 오고 조리실·매점·청원경찰도 왔다. 그 당시 MBC 관계자들은 다 아는 사실이다. 그 후로 MBC 사내 행사는 거의 독점 했다.

그 시간은 내가 최고였다. 그러나 한편으로 별 의미가 없는 게 사실이었다. 동기들은 TV 화면에 나오는데 나는 못 나오고 바람만 잡았다. 물론 그 시간들이 지금까지의 기반이 돼 주고 있지만 1년 넘게 얼굴 없는 직업은 너무너무 힘들었다. 그때 뜬 사람 중 하나가 MC로 잘 나가던 정재환 형이다. 인기 최고였다. 키 크고 잘생기고 멀쩡한 사람인데 실없는 소리를 하면 의외의 큰 웃음이 터지곤 했다. TV 시청자들은 몰랐을 것이다. 사실은 정재환 형이 무슨 얘기를 할 때 웃음 포인트를 찾아 내가 카메라 옆에서 웃긴 동작을 한다. 분위기를 살리기 위해 나는 미리 대사를 다 외워야 했다. 물론 다른 코너 8개 대본도 모두 외워야 했다. 심지어 매주 3~4시간 진행에 필요한 내용을 준비했다. 개그는 한 번 들으면 재미가 떨어진다. 나름 매주 보러 오는 직원들에 대한 배려였다. 힘들고 어려웠지만 이 모든 게 자양분이 되었다. 그 어떤 돌발적인 상황이나 장시간의 행사도 끄떡없다. 드라마 '빛과 그림자' 할 때 쪽대본이 나와도 그 자리에서 외운다. 영화배우 안재욱은 내게 물었다.

"이거 대본. 형이 쓰는 거야? 어떻게 그렇게 빨리 외워?"

내가 생각해도 신기하게 빨리 외운다. 마당 놀이할 때 두 시간 짜리 대본을 몇 번 보고 외우자 사업국장님이 신기한 인간이라고 말한 적도 있다.

천덕꾸러기 "제리"
개그맨
서승만

해외여행때
춤과 유머로
여인들을 웃겨
코리아 개그맨=
월드 개그맨이란
방식을 성립시킨
국제적 개그맨

너무나 우스워
방청객이
심장마비를
일으키기도

64년 2월 17일 서울에서 4형 제 중 막내로 태어난 그 는 어릴 적부터 움직이 는 사실을 모두 표현하여 귀여움 을 독차지 하였으며 특히 국민학 교 3학년 때 소풍가서 처음으로 대 중 아닌 대중 앞에 웃음을 선사 했다하니 아마 개그는 그의 천성 이 아니었나 생각든다.

그후 서울예전 무용과를 졸업, 89년 3월 개그콘테스트 대회에서 그의 진가를 발휘, 대상을 받아 그 해 3월 "닳으는 언덕배기"에 조정 현 선배등과 출연 본격적으로 개 그맨이라는 직업을 갖게 되었다.

이러한 그를 두고 개그계의 선 배나 동료들은 개그계에 없어서는 안될 개그맨이라고 입을 모은다.

사실인즉 한번은 공개녹화에 들 어가기에 앞서 언제나 1시간정도 분위기를 상승시키고 있는 그날 방청을 하고 있던 방청객 중 한명 이 너무나 웃다가 그만 심장마비 를 일으켜 병원으로 옮기는 소동 을 벌이기도해 방송가에 화제를 불러 일으키기도 했다.

외국에서도 마찬가지다. 여행을 좋아해 안가본 곳이 거의 없는 웬 만한 곳은 다 다녀봤다는 그는 작 년 태국으로 동료들과 수련회를

갔다가 자신들을 보고 각국 여자 들이 몰려들자, 즉석에서 그동안 숨겨왔던 춤(랩, 브레이크댄스, 팝조)과 유머로 여인들을 웃겨 "코 리아 개그맨=월드 개그맨"이라는 방식을 성립시키기도 하였다는게 동료들의 얘기이다.

아침 8시에 기상 책을보다 방송 녹화, 연습후 운동으로 소일하며 서도 스케줄이 큰 "인디에나 존스" 같은 영화를 즐겨보는 영화광이기 도 하다.

또한 개그프로 MC를 맡고 싶다 며, "내가 MC를 맡았을 때 일어 나는 사건에 대해서는 일체 책임 을 질 수 없다고 말하는 그의 꿈은 개그계의 꺼지지 않는 불꽃이 되 고 싶은 것이란다.

서세원, 조정현, 김종석, 배영 만, 이현주 등 선배·동료들을 모 두 다 좋아하는 천덕꾸러기 제리 (별명).

"아따 빵빵 오랑께 퍼뜨다뜨 안 하고 뭐허! 부식기 밥먹고 하자 고야! 아따 이놈봐라 내쟝도 좋 은 것이 밥줄야 왔나! 선배는 황 인에 니는 오늘부터 단식투쟁을 실시헌다. 이유가 뭐냐고? 밥 자 주 안먹겠다는 투쟁을 하란말 이다. 그래야 여기계신 사람들이 재고를 해볼거 아니겠는가?"

한바탕 연습실이 폭소로 이어지 는가 싶더니 이때 "화레어문 화 제를 보고 화제를 보아야만이 화 제를 알게 아니겠소 이것도 화제 여불디!"

연이어 폭소를 자아내게 하고 있는 서승만, 즉흥적인 제치로 오 늘도 팬들을 위하고 더많은 웃음 을 선사하기 위해 연습 아닌 연습 을 하면서(그는 연습없이 그자리 에서 대사를 보고 바로 표현하는 표현체일주의자다)아이디어 생산 에 승부를 걸고 있는 개그승부사 이다.

글《백주호기자》

청춘행진곡 바람잡이   청춘행진곡 바람잡는데 방청객이 웃다가 기절

뭐 수고랄게 있겠습니까

도고온천 스트립쇼 이후 대부분의 제작진들과 대선배님들은 나를 좋아했는데 한 PD는 내가 정신이 좀 이상한 사람이라 생각했다. 들어온 지 얼마 되지도 않은 신인이 수많은 선배, 국장, 부장, PD 앞에서 저렇게 춤을 출 수 있나? 사고 칠지 모르는 놈이다, 뭐 이런 논리 구조다. 그 덕에 나만 1년 넘게 아무것도 못 하고 막간에 마이크 잡고 바람잡이만 했다. 비참했고 힘들었지만 언젠가 분명 기회가 올 것이니 버티자는 마음으로 열심히 관객과의 호흡을 연습했다. 매주 녹화 날이면 3, 4시간 원맨쇼를 한 셈이다. 이 혹독한 시간이 결과적으로 지금까지 코미디언으로서 살아가는 데 자양분이 되고 재산이 됐다. 사장실, 비서실을 포함해 매점 아줌마, 소품, 의상, 영상제작부 등 MBC 문화방송 각 부서의 직원들이 틈만 나면 녹화장에 구경왔다. 난 일종의 사명감으로 매주 새로운 소재를 준비했는데 그것이 스스로 훈련이고 연습이었다.

　어느 날 안우정이라는 PD가 왔다. '청춘 행진곡'의 교체된 안우정 PD와 임기홍 작가는 최고의 연합이었다.

안우정이라는 분은 그 후 '오늘은 좋은 날'이라는 프로그램을 만들어 당대 최고의 히트작 이윤석 · 김진수의 '허리케인 블루', 서경석 · 조혜련 · 김효진이 출연한 '울엄마'를 만들었다. 지금은 고인이 되신 탤런트 김자옥 씨를 캐스팅한 '공주는 못 말려'도 대표 히트작이다. 더해서 '서승만입니다', '큰형님' 등 MBC를 최고의 코미디 왕국으로 올려놓은 사람이다. 임기홍 작가님은 서세원 선배부터 수많은 '개그맨들의 사부'라 불릴 정도로 재미있고 실력 있는 작가로 알려진 분이다. 이런 안우정 PD와 작가 임기홍이 나를 눈여겨본 것이다. 안우정 PD님과 임기홍 작가님이 바람잡이로 고생하는 나를 키웠다. 서승만이 '청춘 행진곡' 방청객들에게 매주 웃음을 주는데 뭔가 캐릭터로 한 번 만들어 보자고 해서 나온 캐릭터가 '미스터 객관식'이었다. 두 사람은 누가 뭐래도 내 인생 PD님이고 작가님이다.

'청춘 행진곡'은 MBC의 대단한 히트작이었다. 그 중 서세원 선배가 진행하는 '스타 데이트' 코너는 스타들을 게스트로 불러서 인터뷰하면서 웃기는 코너인데 중간에 내가 객관식 문제지를 가지고 들어가는 거였다. 서세원 씨가 진행하다가 '누구도 피해 갈 수 없는 장안의 화제 미스터 객관식 서승만 씨를 소개합니다.' 그러면 과하게 웅장한 음악이 쫙 깔리면서 내가 나온다. 검은 양복에 선글라스를 끼고 007가방을 들고 나온다. 엄숙하고 비밀스럽게, 그리고는 아무 말도 안 하고 봉투 하나를 꺼내주고, 과하게 웅장한 음악을 배경으로 들어간다. 그 안에 객관식 질문이 들어 있었다. 그때 내 별명은 '바람돌이' 그리고 극 중 별명은 '미스터 객관식'이었다. 4주 정도 아무 말도 없이 봉투만 주고 나가는데 너무 힘들었다. 실제 말하기 좋아하고 까부는 캐릭터인데 무게 잡아야 하는 게 진짜 힘들었달까. 그런데 안우정 PD는 계산이 있었다. 5주째 될 때 드디어 대사가 생겼다. 그러나 한마디! 서세원 선배가 '서승만 씨 수고했어요.'라고 하면 내가 대답했다.

"뭐 수고할 게 있겠습니까? 흐흐"

녹화 전 나는 이미 바람을 잡으며 방청객들하고 친해진 상태였기 때문에 바보 웃음 한 번을 웃고 나오는 건데 방청객은 쓰러지고 난리가 난 것이다. 텔레비전 화면은 모든 사실을 다 보여주지 않는다. 진짜 웃음이 터져 나오는 방청객의 리액션에 이게 무슨 일이지? 각종 신문에서 대서특필이 되기 시작했다. 인터뷰 쇄도에 각종 토크쇼 출연 신청이 줄을 이었다. 그야말로 말 한마디에, '자고 일어나니 스타' 라는 걸 실감했다. 대사량이 많아지기 시작했다. 이제 초대 손님이 나오면 서세원 선배가 묻는다

"서승만 씨는 이해영 씨에게 궁금한 거 없습니까?"

그러면 나는 실없는 질문을 한다.

"초면에 이런 거 물어도 될지 모르겠지만 탁자 위에 있는 주스 안 드실 거면 제가 좀 마시면 안 될까요?"

방청객은 그야말로 박장대소, 야단법석이다. 그리고 그 해 연

방송연기대상 코미디 신인상 수상의 영예를 〈미스터 객관식〉 코너로 받았다

말에 난 당당히 MBC 방송, 코미디대상 시상식에서 신인상을 거머쥐게 되었다. 각종 프로그램에 엄청나게 불려 다니고 최고의 전성기를 맞았다.

SBS 새 방송국 창립 때 제일 먼저 스카우트 제의를 받은 것은 물론이다. 탤런트, 코미디언은 방송국 소속사 개념이 컸던 때라, 방송국 이적에 아주 좋은 조건이 따랐다. 나를 키워준 안우정 PD에게 상의했다. 말 없이 가는 건 도리가 아니라 생각했기 때문이다. 나보다 네 살 많은 안우정 PD는 딱 한마디 했다. "가지 마". 나도 딱 한마디 했다 "네" 그리고 MBC를 지켰다. SBS로 건너간 많은 사람들이 승승장구했다.

태평천하

나는 방송 생활 40년 넘게 주로 개그맨으로 작가로 활동했지만 드라마 출연도 많이 한 편이다. 신인 개그맨으로 유명세를 타자 드라마 섭외가 들어왔다. MBC '태평천하'라는 기획작품으로 시트콤에 가까운 드라마였다. 무려 그것도 주인공이다. 탤런트 임현식, 신신애 씨를 비롯해 개그맨 전유성 선배와 이경실 등이 출연하는 드라마의 주인공이었다. 계룡산에서 도를 닦고 하산하여 태평성대를 이루고자 활약하는 도령이다. 여자 탤런트 두 명과도 삼각관계에 있는 흐뭇한 구성이었다. 그런데 욕심이 하나도 안 나고 걱정부터 되었다. 난 개그를 하고 싶었고 개그를 잘하는데 갑자기 드라마 출연이라니 고지식해서 그랬던 것도 있지만 무엇보다 준비가 돼 있지 않다는 판단 때문이었다.

지금이야 드라마국과 예능국이 따로 있지만, 그 당시는 그냥 TV 제작국이었다. 방송국내에서 제작국장의 파워는 그야말로 최고였다. 드라마국 정인 연출이 나를 찾아왔다. '한 지붕 세 가족' 등 많은 히트작을 만든 연출자. 난 드라마 못 한다 거절했다.

"저는 권투 선수인데 수영 시합 내보내면 빠져 죽습니다"

드라마 〈태평천하〉 주연 기사와 인터뷰
태평천하를 만드려는 꿈을 가지고 계룡산에서 내려온 도사 황대평

설득이 안 된다고 생각하고 그분은 그냥 돌아갔다. 잠시 후 제작국장이 직접 전화를 걸어 나를 불렀다. 제작국장실에 갔다. 마찬가지로 국장님이 나를 설득했다. 완고한 내 성격에 국장님은 화를 내며 안우정 PD를 찾았다. 국장님께 한참 혼난 안우정 PD가 설득해 보겠다고 말했다. 안우정 PD는 나를 키워준 은인이다. 안우정 PD는 나를 데리고 조용한 곳으로 가서는 딱 한마디 하셨다.

"해도 망하고, 안 해도 망할 거 같다. 그래도 국장님께 찍히는 것보다, 하는 게 좋을 거 같다."

드라마 주인공 제의를 수락했다. '태평천하'는 성적이 좋지 못했다. 모든 게 다 내 잘못 인 거 같았다. 다시 코미디로 돌아와서는 더 열심히 해서 우수상을 받고 공로상을 받았다. 그래서 더 두고두고 아쉽고 미안했다. 더 열심히 준비했어야 했다.

몇 년 후, 또 드라마 시트콤을 하게 되었는데 '테마극장'이다. '테마극장'은 예능국에서 만든 코미디 프로그램 분류 작품이었다. 매주 주제, 테마가 바뀌는 단막형식의 드라마로 엄정화, 강문영, 지수원, 양정아 등 대표적인 내 상대 여배우들이었다. 나는 비련의 남자 주인공으로 출연했다. 키스신, 물론 있었다. 드라마는 이후로 '테마게임'으로 이름을 바꾸어 방영되었고 계속 사랑받았다. 이력이 쌓이면서 정통 드라마로도 출연 분야를 넓혀 나갔다. '베스트극장', '빛과 그림자'. '황금물고기', '복희 누나' 등에서 나를 기억하는 분들이 계신다.

드라마 〈복희누나〉
혹독한 서울에서 자수성가하는 시골여자 상경기 복희를 돕는 의상실 사장역이었다.
드라마 한 장면(위), 장미인애와 잠깐 틈나서 한 컷(아래)

드라마 〈빛과그림자〉
밤무대 MC 자니보이역 대본은 애드립이 많았다.
촬영 당시(위), 안재욱, 성지루와 한 컷(아래)

드라마 〈불굴의 며느리〉
호텔 주방장으로 이하늬를 짝사랑하는 역

드라마 〈7급공무원〉
장영남, 최강희와 한 컷

드라마는 서승만이 캐스팅한다

문화방송국에서는 1년 내내 크고 작은 각종 행사가 있다. 크건 작건, 내가 대부분의 진행을 맡았다. 대본이나 콘티가 없고 그냥 마이크만 쥔 채, 순서만 적어주면 순서대로 재밌게 진행해야 하니 아무나 할 수 없었다.

MBC 대박 드라마 '보고 또 보고' 쫑파티가 있었다. 63빌딩에서 행사가 열렸다. 최고의 시청률로 대박이 난 작품이다 보니 방송국에서 팀에 감사의 차원으로 파티도 열어주고 해외여행도 시켜주고 취재도 할 겸 드라마 마무리를 하는 것이다.

내가 출동해서 쫑파티 분위기를 더더욱 끌어올려 완전 최고조로 만들었다. 그리고 며칠 후 MBC 1층 로비에서 담당하신 국장님을 우연히 만났다.

국장 : 그날 수고했어요.

승만 : 이 양반이 양심도 없이 맨날 그런 거만 시켜

국장 : 그럼 뭐 해 줄까? 밥 사 줄까?

승만 : 밥은 내가 먹을게, 드라마 출연시켜줘요.

국장 : 드라마 출연 안 한다며?

승만 : 이제는 연기하고 싶어요.

그리고 얼마 후 국장님이 사극 연출을 하신다며 연락이 왔다. 드라마 '홍국영'에 캐스팅 됐다. 탤런트 최불암 선생님, 김용건 선배님, 영화배우 김상경, 이태란, 정웅인이 주요 캐스팅 라인이었다. 겨울 사극 촬영은 극한직업에 가깝다. 6개월여 함께 고생하다보면 연기자들끼리는 물론이고 제작팀과도 한솥밥 먹는 사이로 가까워진다.

MBC 드라마국에서 또는 탤런트실 송년회를 하면 내가 진행을 했다. 행사 후반에는 항상 행운권 추첨이 있었다. 여기저기 협찬 후원받은 많은 상품을 두고 추첨을 통해 골고루 나누어 준다.

탤런트들에게 TV나 냉장고 경품보다 더 중요한 게 캐스팅이다. 후배들이나 선배들이나 출연을 해야 하는데 출연을 못 하면 놀아야 하니 출연 보장은 당연히 최고의 선물이 되는 것이다. 나는 기지를 발휘해서 먼저 상품을 소개하지 않고 추첨을 한 뒤 각종 드라마에 출연 중인 탤런트가 번호를 뽑으면 그대로 청소기, 믹서기 같은 걸 주고 출연 못 하고 있는 후배들이 뽑히면 바로 상품을 바꿔 제시했다. 그냥 내가 즉석에서 상품을 만든 것이다.

"자 이번 행운의 주인공은, 다음 미니시리즈 출연입니다."

김혜자선배님과 행운권 추첨

순간 장내는 요란한 박수와 함께 함성으로 난리가 났다.

"미니시리즈 16회 중에서 10회 이상 보증하는 출연권입니다."

그 자리에서 다음 작품 연출 감독에게 확답까지 받아 주었다. 물론 수많은 역할 가운데 연출이 그 배역을 정할 것이다. 하지만 기회를 얻는 당사자에게는 우연 이상의 행운일 것이었다. 당첨자가 덜 알려진 연기자일수록 홀은 격려와 환영의 목소리로 가득찼다.

그때는 드라마를 자체 제작으로 하니 가능한 일이었다. 문화방송에서 자체 예산으로 드라마를 제작하던 시기. 탤런트도 자체적으로 선발하여 훈련하고 출연을 시켰지만 이제는 기획사나 외주제작사 시스템으로 바뀌면서 그런 낭만과 즐거움은 사라졌다. 함께하는 덕목은 사라지고 승자독식의 구조가 됐다. 특히 제작사 시스템으로 바뀌면서 탤런트들의 출연료 차이는 진짜 심각하다. 시청자 입장에서는 익숙하고 인기 있는 연기자가 나오면 반갑긴 하겠지만 나머지는 설 자리가 없다. 기회도 없다. 생계를 위한 기본 소득을 보장해 주는 곳도 없다. 제작사 시스템이 제작자에게 좋지만도 않다. 제작비의 많은 부분을 인기 연기자 캐스팅에 쏟아붓는다 해도 꼭 프로그램이 성공으로 이어진다는 보장은 없으니까 말이다. 원론적이지만 탄탄한 기획력과 좋은 대본 그리고 안정적인 연기자의 힘이 크다.

'사극 홍국영' 출연 중에 있었던 일이다. 주로 야외 촬영이 많았는데, 매주 일요일이면 여의도 스튜디오에서 세트 촬영을 했다. 세트 촬영이 끝나면 피곤에 쩐 출연진과 스텝들은 늘 가볍게 맥주 한 잔씩을 하고 헤어졌는데 어느 날 촬영이 일찍 끝났다. 항상 아쉬운 마음들이 있었던 차에 다들 맥주 한 잔에 기대가 컸다. 나 역시 신난 마음에 크게 소리를 쳤다.

"다들 맛들이 호프로 모이세요. 최불암 선생님이 쏘신답니다."

떠나갈 듯한 함성을 기대했는데 순간 분위기가 썰렁했다. 뭐지? 뭐가 잘 못 됐나? 머릿속이 복잡할 때, 선배 형 한 분이 나한테 오더니 조용히 말씀하신다.

"너 이제 죽었다. 불암이 형은 절대 술자리 같은데 안 가시고, 안 쏴."

"그럼 내가 쏠게"하며 분장을 지우고 옷을 갈아입고 호프집으로 갔다. 선배 형 말마따나 정말 최불암 선생님은 안 오셨다. 자리한 분들끼리 술을 마시며 그냥 내가 계산할 생각이었다. 그런데 얼마 있다가 최불암 선생님이 오셨다. 다들 놀라는 분위기였다. 기분 좋게 술을 마셨고 다들 웃음꽃을 피웠다. 좋은 말씀도 듣고 재밌는 이야기도 하고. 술자리가 파할 때 난 또, 눈치 없이 소리 질렀다.

"잘 먹었습니다. 선생님. 카드 주세요. 계산할게요."

순간, 또 조용하다. 최불암 선생님이 '파'하는 웃음으로 카드를 흔쾌히 내어 주셨다. 계산하고 밖으로 나와 헤어지는 분위기에서 선생님이 나에게 말씀하셨다.

"승만아. 우리 집 여기서 걸어가도 되니까 같이 가자."

걸어가면서 선생님은 말씀하셨다.

"기분 좋다. 다들 좋아하는 거 보니."

"선생님이 같이 자리만 하셔도 좋은데, 쏘시기까지 하시니 다들 좋아하죠."

"다음 주에 또 하자."

잘 모르면서 어려워하고, 지레짐작할 필요가 없다. 어제 그랬다고 내일도 그러란 법도 없다. 선생님은 후배들이 불편해할까 봐 피하신 거였다.

드라마 사극 〈홍국영〉

SBS 〈여인천하〉에 밀렸다. 〈홍국영〉 첫방하는 날 강수연 목욕씬이 나왔다. 홍국영 시청률 박살

드라마 사극 〈홍국영〉
시청률보다 팀웍이 좋았던 촬영 현장, 홍국영의 꽃 이태란과 함께 촬영 전 한 컷

지금은 기획사, 소속사 매니저 능력 위주로 출연 가부가 결정되지만, 한때는 방송 출연을 하려면 MBC 코미디언실 소속이어야 하고 특채라고 하는 낙하산들은 눈치를 보거나 욕을 먹기도 했다. 공채 입사시험 봐서 들어온 신입들이 바라보는 오너 먼 일가친척 채용 같다고나 할까. 그들은 대부분 아는 PD 줄 타고 와서 꽂히는 경우가 많아서 일명 낙하산이라고 했는데, 물론 그렇게 들어와서 열심히 하고 얼굴도 알리고 코미디언 실에 도움을 주거나 하면 공채 대우로 받아 주기도 하는 융통성은 있었다.

코미디언실 회의가 소집됐다. 인기가 있든 없든, 실원이면 모두 모이는 회의였다. 회의 중간에 모 선배가 갑자기 말한다.

"강호동, 이영자는 실원으로 받아들이죠"

그들은 한창 인기 가도를 달리고 있었다. 내가 흔쾌히 답했다. "좋아요. 열심히 하니까 그렇게 하죠" 안건은 박수로 마무리가 됐다.

이어서 말했다.

"김진수, 김효진도 열심히 하는데 같이 실원으로 받아들이죠."

순간 그 선배가 말했다.

"안 돼. 걔들은 인기가 없잖아"

그냥 앉아야 하는데 못 참는 병이 있는 나다. 난 다시 벌떡 일어나 말했다.

"형. 인기로 실원 만들면 여기 무명 선배들 다 관둬야지"

결국. 김진수 김효진은 실원이 되었지만. 나는 한동안 선글라스를 쓰고 다녀야 했다. 이 병에는 약도 없다.

비밀은 없다고 했나?

일부러 소문을 감추려 해도 어쩔 수가 없나 보다. 꼬리를 물고 소문은 퍼진다.

"천하장사 강호동과 서승만이 맞짱을 떴대."

간혹 묻는 사람도 있다.

"강호동과 진짜 싸웠어요?"

일일이 답하기도 겸연쩍고 그래서 유튜브에 에피소드를 올리기도 했다. '천하장사' 강호동이 씨름판을 접고 처음 연예계에 데뷔했을 때 있었던 작은 사건이다. 그래서 아래는 해명이 아니라 설명에 해당한다.

'오늘은 좋은 날' 녹화장에 출연진과 스텝들 다해 백여 명이 모여있었다. 후배랑 치고받고 싸운 게 아니고 오해로 인해 일어난 주먹 다툼이라 할 수 있다. 과정 없이 그렇게 얘기하면 강호동이 선배를 무시하고 주먹을 휘두른 것 같지만 그건 아니다. 강호동은 공채 시험을 보고 들어온 게 아니라 특채로 들어왔다. 대부분의 개그맨들은 정식 콘테스트를 통과해 들어오는데 PD나 국장·부장 소개로 고속 데뷔를 하면 기존 실원들이 상대적으로 싫어했던 건 사실이었다. 밤무대에서 잔뼈가 굵고, 1년에 한 번 열리는 콘테스트를 준비하고, 낙방의 고배를 수차례 마시고서야 들어오는 경우가 다수인데, 누구누구의 뒷배로 들어와 내 자리를 꿰찬다는 것이 기분 좋을 리가 없었다. 대부분의 실원들은 씨름선수 출신의 낙하산에 대해 내놓고 말은 못 하고 속만 끓이고 있었던 것 같다. 특히 경상도 사투리를 쓰니 일부러 틱틱거린다 오해를 샀고, 실제 말투가 건방져 보이기도 했다.

나는 후배들한테 잘못하는 선배들이 있으면 직접 가서 부당함을 말했고 그 때문에 사과를 받아내고 다시는 괴롭히지 못하게 하는 바람직한 결과를 이룬 적도 있지만 대신 맞거나 혼나기도 부지기수였다. 물론 나 혼자의 정의일 뿐, 나 몰라라 하는 후배도 있다. 부질없는 짓일지도 모른다는 생각이 들 때가 있지만 나선다기 보다는 아닌 걸 못 참는 쪽에 가까우니, 고맙게 생각하지 않는다고 서운할 일도 없다.

한 선배가 날 불러 강호동 교육 좀 시키고, 인사도 잘하게 하라고 했다. 나는 경규 형이 데리고 왔는데 경규 형이 교육시켜야지, 왜 내가 시켜야 하는지 물었다. 앞으로의 실원들과의 사이도 있고 하니 어떻게 좀 해보라고, 너 말고 누가 하겠냐고 나에게 미루듯 부탁했다. 덩치도 천하장사라 자기들은 좀 어렵단다. 난 누굴 교육하고 말고 할 마음도 관심도 애초에 없었다.

'오늘은 좋은 날' 녹화 날 당일 아침, 모두 모여 리허설을 하고 있는데 강호동이 쑥 들어왔다. 근데 진짜 인사도 없이 우리들 앞을 지나갔다.

"야. 강호동!"

강호동은 쓰윽 한 번 보더니 그냥 갔다. 예상 밖의 반응이다. 내가 따라가서 어깨를 툭 쳤다.

"야! 선배들이 있으면 보고 인사도 좀 하고 그래야지 네가 씨름판에 있다가 왔으면 이래도 되냐? 여기는 방송국이야"

"인사했는데요?"

강호동이 대답했다. 그렇게 말다툼이 시작되었다. 한쪽에서 이미 리허설 중이라 내가 멱살을 잡고 따라오라고 하는 순간 강호동은 손을 뿌리쳤다. 천하장사라 힘이 좋았다. 팔을 뿌리쳤는데 내 팔이 한 바퀴 돌아 내 눈을 때렸다. 마치 자해하듯 우스꽝스러운 상황이 돼버렸다. 순간 주먹을 휘둘렀다. 호동이도 참지 않았다. 서로 허공에 주먹을 휘둘렀는지 타격은 없었다. 리허설하던 연출이 보고 달려왔고 출연진들이 다가와 말렸다. 일단 그 상황을 정리하고 나는 후배 홍기훈에게 강호동을 데려오라며 장소를 옮겨 대기실에서 기다렸다. 극도로 흥분한 상태였던 것 같다. 기훈이는 나를 진정시키고 강호동을 데리러 갔다. 기다리는 동안 체구에서 밀리고 '천하장사'라는 타이틀이 주는 부담감에 급소를 공격해야 할지도 모른다는 변변치 못한 생각을 했던 것 같다.

아무리 싸움을 잘하고 덩치가 커도 일격 필살기다. 왼손은 독수리 발톱처럼 검지와 중지를 모으고 있었다. 여차하면 눈부터 찌르겠다는 심산인가. 허공에 눈 찌르기 한 번 연습하는데 기훈이가 강호동을 데리고 왔다. 힘을 실어 차올리기 위해 왼쪽 발가락에 힘도 싣기 전에 강호동은 양손을 가지런히 모으고 사과했다.

"죄송합니다. 잘 못 했습니다."

얼굴을 보니까 정말로 미안한 표정이다. 죄송하다고 하는데 속 좁게, 죄송하니까 손가락 모으고 있는 김에 일단 눈이라도 찔려봐라, 하고 찌르기도 그렇고, 힘이 풀리니 그냥 기분도 풀렸다. 마주 앉아 들어보니 씨름판에 있다가 와서 연예인들을 보고 선배님이라 하자니 좀 간지럽기도 했다며 앞으로 오해 없게 잘 하겠다고 한다. 듣다 보니까 크게 잘못한 게 아닌데 밴댕이 속인 나도 미안하다, 악수하고 그냥 풀었다. 그리고 그 후 강호동은 특유의 밝고 힘찬 인사를 했고 잘 어울리는 동료이자 후배 개그맨이 되었다. 나와 '비빔면' 광고를 같이 찍기도 했다.

사건 전후는 이랬지만 그 장소에 있던 사람들이 약 100명 정도가 되다 보니 소문은 소림사 결투같이 윤색됐고 난 강호동과 맞짱 뜬 개그맨이 되었다.

89년에 MBC 개그맨 콘테스트를 통해 개그를 시작한 친구, 임종국. 한양대 무용학과 출신이다, 키도 크고 운동도 많이 한 친군데 몸놀림이 장난 아니다. 특히 사물놀이는 못 하는 게 없다. 강령탈춤 이수자, 박수무당 등 따르는 수식어가 많다. 재주꾼 맞다. 근데 이 친구는 술을 마시면 간혹 실수한다. 대본 작가로 있던 '웃으면 복이 와요' PD 전우중 국장님과, 같은 팀 선배들과 어울려 술을 마시다 내가 '야자타임(반말하는 시간)' 하자고 바람을 잡은 게 화근이었다. 이 친구가 너무 심하게 반말과 욕설을 해서 분위기는 폭파됐고 나까지 잘린 적이 있다.

　여러 가지 다른 실수들도 있었는데 난 그냥 이 친구랑 좀 맞다. 웃음 포인트를 비롯해서, 입에 발린 소리 못하는 것까지 술 안 취한 제정신일 때의 이 친구랑 잘 맞았다. 덩치도 큰놈이 자주 사고를 치는데 평소 까부는 모습으로 내가 더 사고를 친다고 주변에서는 오해하고 있다. 내가 쓰는 대본 프로그램에 깍두기로 출연을 할 수 있도록 도왔준 게 고마웠나 보다. 요즘도 내가 영화 감독을 하거나 공연을 하면 무조건 달려와 스턴트든, 출연 배우든, 스텝이든 역할을 맡아 의리를 지키기도 한다.

사고뭉치 임종국이 결혼을 한단다. 사회자는 홍기훈이였는데 식순을 진행하던 중 '오늘 주례 선생님을 소개합니다. 서승만!'하며 내 이름을 불렀다. 뒤쪽에서 난 장난치냐며 기훈이에게 손사래를 쳤다. 하지만 진지했다. 객석에서는 서승만을 연호했다. 그때 내 나이 32세. 주례라는 건 말이 안 됐다. 계속 거절하는데 이 친구가 나오더니 마이크를 잡고 말한다.

"자리하신 여러분 감사합니다. 주례는 평소 자기가 존경하는 사람을 모시는 게 맞다 해서 서승만을 모셨습니다. 친구지만 제가 제일 존경하는 분입니다. 박수 주세요."

어쩔 수 없이 주례를 봤다. 뭐라고 했는지 기억이 안 나서 잘 모르겠지만 그간 결혼식 사회를 보러 다니며 들었던 주례사들의 말을 종합해, 함께 잘 살라고 한 거 같다. 그러나 평소에도 말 드럽게 안 듣던 종국이는 결국 말 안 듣고 혼자 산다.

후배 개그우먼, 제자, 조감독 하던 여자 감독 등의 주례를 보게 되었다. 한동안 결혼식은 주례 아니면 사회자였다.

친구이자 동기 임종국 지금은 나의 머슴이다

수제자 김원경의 결혼식 주례 신랑도 제자다

전국~노래자랑, 송햅니다

김한준이라는 동생이 급히 만나자고 전화를 했다. 바쁘다고 했더니 나 있는 곳으로 찾아오겠단다. 뭔가 부탁할 게 있는 거 같았다.

약속 장소에 나가 만난 한준이의 표정이 어두웠다. 한준이는 부탁이 있다며 조심스럽게 이야기를 꺼낸다.

한준 : 형님 송해 선생님이랑 친해요?

승만 : 왜?

한준 : 아버님이 시한부 판정을 받았는데 2개월 남았대요.

승만 : 아 …… 근데?

한준 : 아버지가 돌아가시기 전에 송해 선생님과 통화 한 번 해
　　　　보고 싶대

승만 : ……

한준 : 송해 선생님 엄청 팬이셔,

승만 : 글쎄 해주시려나???

한준 : 아버지 돌아가시기 전 소원이야. 도와줘 형.

사실 어려운 부탁이다. 그리고 생전에 송해 선생님을 자주 뵌 것도 아니고 워낙 어르신이라 난감했다. 고민하다가 코미디 협회장인 엄용수 형에게 전화 걸었다. 자초지종을 말씀드리고 나니 용수 형은 송해 선생님께 여쭤보시겠다고 했다.

그리고 다음 날 답이 왔다. 송해 선생님, 당신도 연세가 많으신데 곧 돌아가실지도 모르는 분하고의 통화는 아무래도 불편하신 거 같았다. 송해 선생님이 더 연세도 많았다. 한준이에게 사정을 얘기했더니 한준이는 다시 급하게 나를 찾아왔다.

한준 : 형. 그럼, 형이 송해 선생님 성대모사를 좀 해주세요.

승만 : 난 방송에서도 성대모사 안 하는데?

한준 : 형 부탁이에요

승만 : 난 송해 선생님 성대모사 못해

한준 : 그니까 연습해서요. 아버지가 몸이 약해서 정확히 안 하셔도 잘 모르실 거예요.

한준이의 간절함이 나를 감동시켰다. 딱 한 번, 도올 김용옥 선생님 성대모사로 방송을 한 적이 있다. 평소에 동료 코미디언들 목소리 성대모사나 주변 인물들 성대모사는 제법 한다. 그러나 송해 선생님 성대모사를 하는 건, 사실 안 해 봤고 부담이 컸다.

결국, 5일 정도 연습을 했고 한준 아버님과 통화를 통해, 어설프게나마 송해 선생님 성대모사로 인사를 나눴다.

아 진짜~~~. 근데 그날 송해 선생님도 직접 전화를 하셨단다. 생각하시다가 마음이 아팠는지 직접 전화를 해주신 것이다. 지금은 고인이 되신 송해 선생님, 덕분에 한준이 아버님은 기뻐하셨고 편안하게 돌아가셨다고 했다.

감사하다.

개그맨이 소고기냐?

방송일을 하다 보면 다양한 사람들을 만난다. 개그맨 동료부터 탤런트, 가수, 모델, 영화배우 그리고 카메라 감독부터 연출하는 PD, 분장사, 스크립터, 조명 다 언급할 수 없을 만큼 많은 사람을 만난다.

TV를 보는 분들은 그냥 화면만 보고 주인공 잘생겼다. 예쁘다, 옷 잘 입는다, 이런 얘기만 하는데 그 뒤 보이지 않는 곳에서 일하시는 분들이 훨씬 많다. 이러한 제작 공간에서 최고 권력자는 PD이다. 영화 쪽 감독과 같은 위치라 감독으로 부르기도 한다.

어딜 가나 그렇듯이 대부분의 PD들이 성실하고 착한 사람이라면 간혹 인간쓰레기 같은 PD가 있다. 무슨 통계가 있을리 없고, 정확한 답도 아니지만 내 기준이다. 80%는 선하고 10%는 그냥 그렇고, 정말 '쌩 양아치'란 명함이 어울리는 PD가 100명 중 한두 명, 많으면 세 명 정도 있다.

뭐 이런 인간이 다 있나 싶은 그런 PD가 하나 있었다. 코미디언 실 한쪽 벽엔 구봉서 선생님부터 신인들까지 반명함판 사진이 붙어있고 이름하고 기수가 적힌 보드가 있었다. 드라마 PD든, 코미디 PD든, 예능 PD든 와서 보고 마음에 드는 사람들을 이미지 캐스팅하고, 출연 의뢰를 위해 연락할 수 있도록 한 것이다.

어느 날. 이 쓰레기 PD가 코미디언실에 들어왔다. 원래 이 PD는 쇼 프로. 음악 이런 거를 많이 하던 PD인데 음악 프로 같은 거 하다 보면 가수 매니저나 기획사로부터 과외로 생기는 게 많았나 보다. 물론, 이건 지극히 개인적인 추측일 뿐이다. 쉽게 말해 뭘 그리 얻어먹는 게 많은지 몰라도 가수·음악 이런 프로그램만 맡고 싶어 하는 PD들이 있다. 코미디언들은 원래 짜서 그런 게 아니고 지금 같이 소속사가 있다든지 하는 시스템이 아니라 주로 개별활동 위주라 수입이 상대적으로 적었고 PD한테 밥을 사거나 술을 사거나 뭘 선물하거나 하는 문화가 아니었다. 물론 하는 사람도 있었을 것이다.

이 PD가 음악 프로를 연출 하다가 어쩔 수 없이 코미디를 하게 된 거 같았다. 코미디 프로를 맡은 것이 짜증 난 건지 벽에 붙은 사진들을 보면서 혼잣소리로 중얼거린다.

"에이 참 얻어먹기 힘들게 생겼네."

실원들 이름을 수첩에 적으며 말했다.

"홍길동은 3등급, 김유신은 2등급 정도? 이 놈은 조금 나오겠구나, 1등급"

보고 있자니 부아가 치밀었다. 반대쪽 벽에 붙어있는 화이트보드에 이름을 적었다. 그리고 들으라고 일부러 큰 소리로 중얼거렸다.

"송창희 PD 기획력 있고 실력 있는 A급, 안우정 PD 천재 연출가 A급, 원만식 인간성 좋고 열심히 하는 PD A급"

그러다가 면전에 있는 그 PD의 이름을 적으며 더 크게 중얼거렸다

"쓰레기 PD, 돈 밝히고 여자 좋아하는 F급 PD"

갑자기 '이 새끼야 뭐라고? 니가 봤어? 내가 돈 받는 거?' 하길래 '죄송합니다.' 하고 고쳤다. '돈 밝힐 거 같은 PD'로 수정했더니 '이 새끼가 뭐라는 거야?' 한다.

"아니 먼저 코미디언들이 한우도 아니고 등급을 왜 매겨?"

인기가 있다고 A급 아니고 인기가 없다고 C급은 아니다. 주연과 조연, 드라마든 코미디든 역할에 따라 이렇게 나눌 수 있지만. 사람을 등급으로 1등급 2등급을 나눈 건 정말 참을 수 없다. 살다 보면 누구나 갑·을 관계에 있을 수는 있지만 인격까지 갑을로 만드는 권한을 주는 건 아니다.

어느 날 수다를 떨고 있는데 모 PD가 PD 앞에서 너무 떠든다고 자기가 PD임을 강조한다. 내가 그에게 말했다.

"나를 캐스팅 안 하는데 무슨 PD야. 동네 옆집 아저씨하고 똑같지."

내가 한 말이지만 다시 생각해도 맞는 말이다.

한 번은 이런 일도 있었다. MBC에서 열심히 방송할 때 코미디

언 대부분이 싫어하던 PD가 있었다. PD의 파워는 대단했었다. 프로그램에 한해서는 최고의 권력이었다. 그 PD는 유난스레 코미디언 실원들을 싫어했는지 외부에서 출연자들을 데려다 출연을 시켰다. 어느 날 제작부에 찾아가 다짜고짜 면담을 신청하고 여의도 3층 로비에서 자판기 커피를 한 잔 뽑아주며 물었다.

승만 : MBC 코미디언들 실력 있는 사람 많은데 왜 자꾸 외부
  출연자를 데려오세요?
PD : 불만이냐?
승만 : 당연하죠. MBC 공채로 시험보고 들어온 사람들 두고 낙
  하산을 자꾸
PD : 야! 그럼 니가 PD 시험 봐서 PD 되고 실원들 출연시켜 그
  러면 되잖아

말을 참 얄밉게도 한다. 그 후 인사를 하는데 무시하고 지나쳐서 나 역시 인사를 안했다. 그런데 코미디언 K가 연락이 왔다. 그 PD랑 친한데 그 PD 집에 가자 했다. 난 당황해서 거절했으나 K는 화해하고 지내자며 나를 끌고 갔다. 마침 명절을 하루 앞둔 날이라 K가 과일을 좀 샀다. PD 집에 가서 인사를 하니 내가 올 줄 알았던 건지 반갑게 맞아주었다. 기분 좋게 현관을 거쳐 주방에 갔는데 처음 보는 남자가 앉아있었다. 함께 앉아서 술을 마셨다. 시간이 지나

며 PD와 처음 보는 남자의 대화를 들어보니 그 남자가 또 낙하산으로 들어오려는 심산이었다.

난 화가 나서 침묵으로 시간을 보냈다. 술잔이 오고 가고 난 안 취했지만 취한척했다. 빨리 그 자리를 벗어나고 싶었다. 근데 그 PD가 갑자기 내게 묻는다. 그 PD는 나보다 5살 정도 많다.

PD : 코미디언들이 나 욕 많이 하지?

승만 : 뭘 그런 걸 물어봐요

PD : 뭐라고 하니?

승만 : 왜 그런 걸 물어요. 그냥 술 드세요

PD : 말해봐 괜찮아

승만 : 쌍욕하는 사람들도 있고 그래요. 들으면 기분 나쁜데 뭘
　　　물어요

PD : 쌍욕? 괜찮아 해봐

승만 : 그냥 개%@#$^&! 라고 하지요

순간 싸늘했다. 내가 앉은 의자 뒤에서 요리하던 PD 부인도 순간 멈추고 가만히 있었다.

"코미디언들 모두 형은 개XX이라고 해요 됐지요?"

그 집을 나와 여의도 인근에서 혼자 술을 마셨다. 평소 친하게 지내던 연예부 기자 형이 전화가 와서 같이 한 잔 했다. 고민 있냐

는 질문에 있었던 이야기를 하니까 기자 형은 앞으로 내가 MBC에서 활동하기 힘들겠다며 KBS에 친한 PD가 있는데 소개해 줄까 물었다. 생각없이 나중에 기회 되면 한 번 보자고 했는데 명절 연휴가 끝날 즈음 기사가 났다.

개그맨 서승만 KBS 이적설. 이적한다고 이야기된 것도 없고 그냥 술 마시며 했던 이야기를 기사로 써서 황당했다. 연휴가 끝나고 방송국에 갔다. 문제의 PD가 코미디언실로 전화를 해서 나를 찾았다. 다시 3층 로비에서 만난 그 PD는 내게 자판기 커피를 한 잔 주며 물었다.

PD : KBS로 가냐?

승만 : 네 그럴려고요

PD : 가지마

승만 : 네?

PD : 가지말라고

승만 : ???

PD : 우리 와이프가 우리 집에 온 연예인 중에 니가 제일 솔직하대

그러더니 PD는 제작부로 들어갔다. 뭐지? 몇 주 후 그 PD가 새로 만든 코미디 프로에 나를 캐스팅하고 MBC 코미디언들을 대거

출연시켰다. 그리고 나는 그 프로그램에 작가로 코너를 쓰게 되었다. 같이 프로그램 회의도 하고 출연도 하고 대본도 쓰면서 즐겁고 재미있는 사이가 되었다.

한 번 더 말하지만 대부분의 PD들은 착한 사람이었던 것 같다. 내 태도에 화가 날 만도 했을 텐데 다 참고 무엇보다 진심을 바라봐 준 걸 보면.

MBC 코미디를 망친 100명의 PD들

많은 선배, 후배들은 가끔 내게 묻는다

"더 뜰 수 있었는데 왜 뜨다 말다 해?"

내 '빠꾸'를 모르는 직선적인 성격이 살아가는 데에 큰 장애 요소가 된다. 솔직한 마음을 거스르지 않고 바로 말한다.

"왜 MBC는 코미디가 안 되지?"

국장님의 질문에 여기저기서, '국장님이 너무 앞서가셔서요, 시청자가 수준이 낮아서요.' 등등 답들이 쏟아진다. 가만히 있어도 되는데 난 꼭 입바른 소리를 한다.

"형이 늙어서 감도 없으면서 자꾸 신경 쓰니 그렇지, 젊은 애들한테 좀 맡겨."

사실 여부를 떠나 PD나 높으신 국장이나, 본부장 이런 분들이 그다지 듣고 싶지 않은 안 해도 될 얘기들을 하고야 만다. 그렇다고 그들과 술자리를 자주 해서 마음을 풀어준다든지 개인적으로라도 듣기 좋은 말을 하는 경우도 없으니, 내가 PD여도 얄미울 거고 주변에서 말하는, 재능에 비해 못 뜬 것도 이 같은 이유에서다.

그런 적도 있었다. MBC 문화방송 예능 PD가 몇십 명이 되는데 그 몇십 명한테 한 방에 '돌 아이'로 찍히는 사건이 있었다. 당시에 '한국을 빛낸 100명의 위인들'이란 노래가 유행했다. 노래를 듣다 말고 즉석에서 방송국 PD들로 개사를 했다. 이름을 적고 그들의 특성을 거꾸로 반어적 표현으로 가사를 붙였다. 예를 들어 비리의 대명사 PD는 청렴결백으로 남자를 자주 갈아치우기로 유명했던 여자 PD는 요조숙녀로, 성격 파탄자로 암암리에 불리던 사람은 윤리 선생으로. MBC 사원 행사에서 발표했는데 신나는 반주와 함께 노래가 불리자 후배·선배·동료 PD는 물론이고 심지어 자기 이름이 불리는 PD들도 웃느라 쓰러지고 난리가 났다. 진정한 의미로 쑥대밭이 펼쳐진 거다.

'코미디의 왕국 MBC에서 코미디를 망친 PD 새끼들~'로 시작하는 이 노래는 이미 익숙한 리듬에 가사가 직접 피부로 팍 다가오니 웃고 난리가 났지만 실은 속으로 자기 비하를 반어적으로 듣는 걸 좋아할 리가 없었다. 웃어도 웃음이 아니고 밝아도 밝은 표정이 아니었을 것이다. 내가 이러니 방송 생활이 순탄할 수 있겠는가.

그러나 재미있는 사실은 어느 날 PD들끼리 술 마시다가 전화가 왔다. 송창의 PD였다.

"야 승만아! 그때, 그 노래 청렴결백이 ○○○ 맞지? 난 뭐였지?"

두고두고 즐기고 있었다. 그 노래는 한동안 MBC 안에서 이야깃거리였다. 웃으며 지나간 사람이 훨씬 많았지만 여기서 이름은

밝힐 수 없는 비리 PD나 속이 좁은 PD에게 나는 빨간 딱지가 붙었을 것이다. 돌이켜보면 그러면서도 드라마 출연·코미디, 각종 예능 출연까지 오랜 시간 연예계 활동을 할 수 있었던 것은 PD들이 착했던 탓도 있을 것이다.

그리고 그 해 연말 'MBC 코미디를 빛낸 100인'으로 개사를 해서 연말 시상식에 합창단이 멋지게 부르며 오프닝을 열기도 했다.

왕따를 대하는 자세

살면서 즐겁고 행복한 것 중에 좋은 사람을 만나는 것만한 게 또 있을까. 다시 들어간 MBC에서 만난 개그우먼 이현주와 박은경 그리고 손병재는 그야말로 최고의 여자 사람 친구다.

이현주는 MBC 개그맨 1기다. 원래는 후배지만 내가 다시 들어가는 바람에 선배가 되었다. 착하고 의리 있는 동생이자 친구다. '참깨 부부 들깨 부부'라는 코너에서 황기순 부인역으로 출연하면서 인기가 좋아 광고도 제법 찍었다. 박은경은 89년 다시 들어갈 때 동기다. 단국대학교 국악과 출신인데 CF모델 출신이다. 예쁜 얼굴로 캐스팅되었다니 인물이 상당하다. 그런데 별명은 여자 서승만이다. 생긴 거와 달리 완전 엉뚱하다. 손병재는 한때 잘 나가다가 이순자를 닮아서 퇴출당한 불운의 개그우먼으로 지금은 곾에서 여행사를 하고 있다.

세 명 모두 나보다 어린 동생들인데 매일 같이 붙어 다녔다. 호칭은 형이었다. 도고온천 장기자랑 스트립쇼 이후 몇몇 선배들은 나를 눈꼴시게 생각했다. 튀니까 보기싫었나 보다. 난 왕따였다. 몇

몇 선배라는 사람들이 대 놓고 나를 동료들에게서 왕따시켰다. 친한 서울예대 동기 개그우먼이 있었는데 어느 날 내게 와 말했다.

"승만아! 선배들이 너랑 다니지 말래"

그리고 그 친구는 나를 멀리했다. 난 현주나 은경, 병재도 혹시나 나로 인해 피해를 볼까 해서 먼저 이야기했다. 선배들이 나랑 다니지 말라니까 조심하라고. 현주는 괜찮다고, 그러거나 말거나 내 맘이란다. 은경이는 자기들이나 잘하라고 그래, 병재는 뭔 말 같지도 않은 소리를 듣기나 했냐는 듯 신경도 안 쓰고 딴짓이다. 대단한 배짱들이다. 나이를 떠나 힘이 되는 친구다.

남자보다 더 의리있는 남매 같은 동생 이현주

정말 착하고 의리있는 동생 현주와
인터뷰 설정 샷

신을 모시는 여자를

어느 날 자주 가던 이태원 단골 카페에서 차를 마시다가 현주가 내게 묻는다.

현주 : 형도 이제 애인 생길 때도 되지 않았어?

승만 : 됐어 나는 더 열심히 해서 일단 뜨고 나서 만나야지 뭐

은경 : 그래도 만나면서 떠도 되잖아

승만 : 관심 없어

현주 : 저기 저런 스타일 어때?

한쪽에 괜찮은 스타일의 여자를 가리켰다.

승만 : 괜찮은데?

그러자 현주와 은경이는 자리를 옮겨 그 여자 테이블에 가서 한참을 이야기하고 그 여자분을 데리고 왔다. 얼떨결에 즉석 미팅

이 되었다. 어색하고 쑥스러웠지만 그들의 도움으로 소개팅이 된 것이다. 차를 마시다 현주와 은경이는 먼저 일어나고 둘이 어색한 시간이 흐르고 갑자기. 그녀가 드라이브하자고 한다.

그녀 : 드라이브하는 김에 저 데려다 주실래요?

승만 : 네 그래요. 집이 어디세요?

그녀 : 광탄요.

승만 : 헉!

그녀 : 조금 먼데 괜찮을까요?

승만 : 아 …. 네

벽제 공원묘지를 지나야 한다. 꼬불꼬불한 산길을 넘다 자동차 라이트가 비추면 봉분이 슬쩍슬쩍 보인다.

승만 : 매일 이 길을 다녀요?

그녀 : 네

승만 : 안 무서우세요?

그녀 : 네

승만 : 낮에 다니시는군요?

그녀 : 매일 밤에 다녀요.

덤덤한 그녀. 담력이 큰가? 꼬불꼬불한 길은 내려가면 왕복 2차선으로 된 논길이 있었는데 차가 한 대도 없었다. 조금 가다 보니 자기 집이라며 세워 달라고 한다. 외딴곳에 덩그러니 집 한 채가 있었다. 약간 낡은 한옥이다. 주변은 칠흑같이 깜깜한데 사방팔방에 가로등 하나 없고 어두웠다.

그녀 : 온 김에 차 한 잔 하고 가세요

얼떨결에 따라 들어갔다. 딱 들어서는데 창 들고 있는 할아버지도 있고, 인상 쓰며 노려보는 할아버지도 있었다. 전설의 고향 분위기 나게 오미자차를 가져왔다. 빨간색 오미자. 종교학과 학생인데 어렸을 때 신을 받아서 신을 모시며 살고 있다고 했다. 귀신을 안 믿는 나는 신경도 안 쓰는데 '교회에 다니시죠?' 하고 묻는다

'헉! 용하네?' 나중에 보니 내가 십자가 목걸이를 걸고 있었다. 차를 거의 원샷으로 마시고 그 집을 나와 다시 이태원으로 왔다. 수다 중인 현주와 은경이를 만나 이야기했더니 빵 터진다. 그 후 몇 번 소개팅을 거부했다. 그리고 답답했는지 어느 날 현주가 머리를 한쪽으로 곱게 넘긴 이쁘장한 어린 남자를 데리고 왔다. 울며 겨자먹기로 난 그 남자와 소개팅을 했다. 이것들이 내 취향을 오해했다. 그래도 이런 동생들이 있어서 너무 좋았다. 은경이는 지금 미국에서 잘 살고 있다. 방송 정지당해 쉴 때 은경이는 '용돈 보내줄게. 계

동기 박은경

모델 출신 개그우먼 모양은 여자인데 하는 짓은 선머스마

좌 줘봐' 하며 연락이 온다. 내 성격상 절대 못 받지! 현주는 교통사
고를 당해 방송을 중단하고 신앙생활을 하며 열심히 살고 있다. 영
악하지 못한 이들은 싫은 꼴 못 보는 성격이다. 착하고 의리 있는
사람이 힘들게 사는 게 맘 아프다.

깔창 깔어!

나는 누구한테 선물 같은 것을 하지 못 한다. 성격이 좀 그렇다. 쑥스럽다. 여유가 없어서도 아니고 그냥 그런 성격이다. 선물하는 방법도 중요하다 생각해서 더 못 한다.

선물도 받는 사람이 기분이 좋은 게 있고 받고 나서 찝찝한 게 있는데 선물을 받고 두 번 크게 웃은 적이 있다. '쪼매난 이쁜이' 김효진은 정말 깜찍하고 귀여운데 착하다.

뭐가 고마웠는지 효진이가 어느 날 구두를 한 켤레 선물했다.

"오빠 이거 선물. 오빠 생각나서 샀어."

M-O-O-K 라는 상표, 한때 잘 나가던 제품이다.

고맙고 쑥스러웠지만, 너무 좋고, 기뻐서 아껴 신으려고 한참 아끼다가 시간이 지난 다음에 신었다. 사이즈가 많이 컸다. 교환하려고 MOOK 매장에 갔다.

"신발이 좀 큰데 좀 바꾸러 왔습니다."

점원은 기획 상품이라 같은 제품이 없다고 한다.

며칠 후 효진이를 만났는데 왜 자기가 사준 신발 안 신고 다니냐고 물었다. 나는 신발이 좀 커서 못 신는다며 내 사이즈도 모르고 사냐고 물으니 효진이가 말한다.

"오빠 클 때까지 신으라고 큰 거 산 거야. 크면 신문 접어서 깔아"

구두 깔창을 따로 파는지 그때 처음 알았다.

효진이의 깊은 뜻!

내가 더 크기 바라는 마음, 깔창 두 개를 사서 깔고 다녔다.

학도야, 나 담배 끊었어

김학도 어머니가 편찮으시다. 그래서 돈이 많이 필요하다고 했다. 행사도 없고 힘들다고 하는 학도. 개그맨들은 주로 행사나 야간업소가 주 수입원이었다. 그래서 내가 가도 되지만 웬만한 거는 학도한테 많이 양보해 줬다. 나 대신 많이 벌어라!

학도는 효자다. 효도하는 마음이 기특해서 도와줬다. 그때는 선배가 행사 보내고 중간에 돈을 떼먹는 경우가 많았다. 착취에 가까운 금액을 떼먹기도 했다. 몇몇 선배는 정말 심할 정도로 후배를 이용하기도 했다. 행사 출연료가 200만 원이면 아는 사람이라며 도와달라고 하는데 10만 원 후배한테 주고 나머지 다 자기가 갖는 사람도 있었다. 나는 후배들 행사 소개하면 오히려 10만 원이라도 더 받아 주곤 했다. 그래서 후배들은 내가 행사를 소개하면 얼마 줄거냐고 묻지도 않는다. 학도 역시 그런 사실을 알기에 고마웠나 보다.

어느 날 학도가 선물이라며 박스를 하나 준다.

승만 : 이거 뭐냐?

학도 : 선물이야, 고마워서.

쑥스럽지만 기쁜 마음에 박스를 열었더니 권총 라이터다. 고맙지만 당황스럽다.

승만 : 야 나 담배 끊었는데 이거 뭐야?

학도 : (당황하며) 아 그렇지…그래도 형. 동생 선물인데…성의
　　　를 봐서 다시 펴라

승만 : 너나 피고 이거 너 가져. 대신 성대모사나 몇 개 해주라.

그날 성대모사 잘하는 학도는 목이 쉬었다.

4

새로운 소통

방송국은 6개월에 한 번씩 봄·가을에 개편을 한다. 6개월 정도 해보고 반응이 좋으면 계속하는 거고, 아니면 접고 새로운 것을 만든다. MBC는 만만한 게 코미디인지 개편하면 코미디가 없어진다. 시청률이 안 나오면 수익이 안 되니 그렇다. 그러면 코미디 프로에 출연하던 사람들은 졸지에 실업자가 된다. 개그맨들도 프리랜서다. 출연하면 수익이 생기고 출연을 못하면 수입이 없는 일용직과 다를 게 없다. 코미디를 만들어야 된다느니, 큰일이라느니 말로는 걱정하지만 실천에 옮기는 사람도 없고 그렇게 할 수 있는 능력을 가진 사람도 별로 없다. 기획력도 있어야 하고 열정과 아이디어도 있어야 하지만 코미디는 특유의 장르라 유머 감각과 순발력이 있어야 한다. 코미디는 학벌로 만들 수 없다. 억지로 만들 수 없다. 내가 즐거워야 만들 수 있다. 나 스스로 겸손하고 싶지 않은 부분이 있다면 코미디 프로그램이 없어질 때마다 몇 번을 기획하고 새 프로를 만들었다는 것이다. 이것은 코미디에 대한 내 자부심이기도 하다.

신인 때 고생하면서 대본 쓰는 것. 기획하는 걸 기본적으로 훈

정지동작 코미디 '추억은 방울방울' 스마트폰 촬영 비밀 공개

뉴스엔 | 입력 2011. 2. 17. 10:35 | 수정 2011. 2. 17. 10:35

추억은 방울방울
국내 최초 스마트폰 제작 코미디 방송

련했기에 가능한 일이다. 당시 '웃고 또 웃고'라는 MBC 개그 프로그램이 있었는데 몇몇만 캐스팅이 돼서 노는 후배들이 많았다.

스마트폰 1세대 모델을 이용해, 기획·대본·촬영·편집·스턴트·소품까지 1인 6역을 하며 후배들을 캐스팅해서 코너를 만들었다. 김경식·황제성·김완기·오정태·추대엽·김미려 등 후배들이 출연했는데 현장 분위기는 모두가 연출이고 스탭이었다. 한겨울에 강화도 바람은 몹시도 추웠지만 열기가 있었고 재미가 있었고 희망도 있었다. 정지 동작을 하고 나래이션으로 재미를 주는 코너였는데. 스마트폰 하나로 모든 걸 해결했다.

"오늘도 학교에 다녀오는 경식이는 과자를 먹어요."

나래이션이 깔리고 정지 동작으로 과자를 입에다 대고 있다. 처음에는 데모 테이프를 만들어 김정욱 국장님께 보여줬다. 데모 테이프는 샘플 같은 건데 '추억은 방울방울'을 데모 테이프처럼 데모 영상으로 만들어 보여준 것이다. 김정욱 국장님은 제작비가 하나도 안 들고 후배들 출연료만 주면 된다는 말에 당장 다음 주부터 하라고 하셨다. 원래 야외 촬영 나가면 교통비부터 카메라 조명 등 제작비가 한, 두 푼 드는 게 아니다. 그러나 나는 내 스마트폰 하나와 후배들의 열정이면 모든 게 해결되니 제작비 절감 차원에서 엄청 이득이었다. 굳이 꼽자면 촬영 중 전화가 오면 잠깐 통화하고 이어가야 하는 불편함밖에 없었다. 직접 대본을 쓰고 촬영, 편집, 스턴트를 하고 연기 시범도 보이면서 혼자 북 치고 장구 치고 다 했지

추억은 방울방울 촬영 현장
열연 중인 후배들

추억은 방울방울 촬영 현장
촬영, 대본, 편집, 스턴트맨도 혼자 다했다

만 전혀 힘들지 않았다. 열심히 하는 후배들과의 추억이고 즐거움이었다. 후배들 사이 현장에서의 유행어가 있었다.

"승만아~ 나도 한 컷 잡아 주라"

뽕짝 가수가 무슨 연기를

'가요 콘서트'라는 프로그램이 있었다. 매주 일요일 아침에 방송되던 프로다. 트로트 가수들이 나와서 노래하는 프로다. 요즘과 같은 트로트 열풍이 있던 때가 아니라 여타 가요 프로그램과 별다름이 없었다. PD가 개인적으로 친한 동생이었다. 어느 날 내가 운영하는 대학로 공연장을 찾아왔다.

"형. 가요 콘서트 너무 식상한데 재밌게 할 수 있는 게 없을까?"

이미 그땐 MBC 마당놀이 연출을 했었고. 코미디 콩트. 뮤지컬 등 몇 편의 시나리오를 썼던 경력이 있었는데 개인적으로는 감동이 있는 신파극 장르를 좋아했었다. 난 박 감독에게 구성진 트로트가 주로 나오는 프로그램이니 신파극으로 하자고 했다. 내용은 그 주에 출연하는 가수들의 노래 가사를 주면 내가 드라마 대본으로 만들고 공개 방송으로 하는 것이다. 가수들이 중간에 자기 노래하고, 노래 사이에 처음부터 끝까지 극이 이어지는 것이다. 중간중간 웃기는 포인트가 있고 마지막에는 감동을 주는 그런 것, 일명 드라마 콘서트를 제안했다.

　내가 대본을 쓰고 출연 가수들이 내가 운영하던 연습실로 찾아와 연기 연습을 했다. 개그맨 정성호와 문천식·오승환·최현진이 가수들의 연기를 도와 출연했다. 가수 장윤정도 '어머나' 처음 나왔을 때 주인공을 몇 주 했었고. 김혜연·박상철 등 가수들과 개그맨의 조화가 어울려 시청률도 좋았다. 프로그램 제목도 '가요 콘서트'에서 '드라마 콘서트'로 바뀌었다. 그때나 지금이나 같은 콘텐츠라 할지라도 형식의 변화를 통해 새로운 것을 만드는 일은 즐거운 일이다.

가요 콘서트를 드라마 콘서트로
가요 콘서트의 새로운 장을 열었다. 드라마와 음악이 있는 드라마 콘서트로 업그레이드

MBC 코미디 '뮤직 코믹 쇼'

코미디에 왕국 MBC는 물론이고 KBS, SBS, 각 방송사 코미디 프로그램이 없어졌다. 간혹 사람들이 묻는다. 코미디가 없어서 마음이 아프겠어요? 코미디 좀 부활해 주세요. "네가 선배로서 뭘 했냐?" 하는 사람도 있다.

개인이 방송사 코미디 프로를 만든다는 건 불가능에 가깝다. 그 힘든 일을 나는 했다. 잘난 체 할 만한 것이 MBC에서 아주 오랜 시간 동안 코미디를 하면서 많이 겪었다. 툭하면 코미디가 없어진다. 그러면 한동안 코미디언들은 먹고 살길이 막막해진다.

그럴 때면 내가 코너를 만들거나 프로그램을 만들어서 몇 번이나 했다. 이 글을 쓰는 현재도 방송 3사 코미디 프로는 없다. 한편으론 지친다. 유튜브가 대세로 떠오르자 유튜브를 통해 시트콤과 콩트를 만들기도 했다. 그러나 거대 자본의 방송국 시스템 자체로 만드는 것과 개인인 내가 대본을 써서 혼자 촬영하고 편집해서 만들어 내는 것의 결과는 규모면에서나 소재의 제한에 있어서나 부족함을 가질 수 밖에 없다.

그나마 명맥을 유지하던 MBC 코미디 프로그램 '웃고 또 웃고'가 폐지되었다. 시청률이 낮은 게 주된 이유였다. 프로그램이 없다 보니 후배들도 설 곳이 없어 답답해했다. 어차피 MBC 본사에서 시청률 저하로 없앤 프로그램을 다시 만들 일은 없을테고 어찌할까 고민을 하다가 MBC 자회사인 MBC M(music) 방송국을 노크했다.

MBC에는 MBC GAME, EVERY 1, MUSIC 등 몇 개 자회사가 있었다. 그나마 코미디와 어울리는 M방송국을 찾았다. 본사에서 코미디 연출을 오래 하다가 사장님으로 부임하신 분이셨다. 그분에게 코미디에 대한 필요성을 설명하고 설득했다. 그분은 내게 자신 있냐고 물었고 난 확신한다고 자신감을 보였다. 평소 코미디를 좋아하신 분이라 쉽게 말이 통했다. 자신 있냐는 물음에 맡겨만 달라고 3주간의 시간을 구했다. 3주 동안 기획하고 작가들을 모아 회의를 시작했다. 그리고 채널 성격에 맞게 '뮤직 코믹 쇼(music comic show)' 라는 이름을 붙였다. 음악이라는 제한 사항이 있어 일반 코미디보다 훨씬 힘들었다. 코너마다 음악과 관련성이 있어야 했다.

황제성 · 김두영 · 추대엽 · 손헌수 · 김완기 등등 40명 넘게 모였다. 프로그램을 설명하고 각자 하고 싶은 아이디어를 준비하도록 했다. 이후 내가 수정·보완해 주고 연습을 통해 완성되면 녹화하는 시스템이었다. 난 기획, 작가, 연출 1인 3역을 했다. 열정적인 후배들과 수고한 작가들이 합심하여 잘 만들었다. 반응이 갈수록 괜찮았다. MBC 본사에서 만든 프로그램을 자회사에서 재방송으로 송출하는 경우는 많았지만. 거꾸로 자회사에서 만든 프로그램이 본사 채널에서 재방송되는 경우는 거의 없었다. 그런데 내가 만든 '뮤직코믹쇼'는 MBC 본사에서 코미디 프로그램으로 편성을 받아 매주 토요일 오후 5시에서 재방송 됐다.

제작비 대비해서도 효과가 좋았다. 후배들과 몇 개월 즐겁고 재미있었다. 어느 날 본사 국장님이 이야기 좀 하자며 나를 찾았다.

국장 : 승만아 '뮤직코믹쇼' 그거 본사에서 만들어야 되는 것
　　　　아냐?
승만 : 코미디 형이 없앴잖아?
국장 : 애들 정신 차리라고 그런 거지
승만 : mbc는 형만 정신 차리면 돼

국장의 심기를 건드렸다

국장 : 그래서 본사에서 하면 안 된다는 거야?
승만 : 그러세요. 본사에서 하세요
국장 : 그럼 애들 보내
승만 : 네 그럴게요

어차피 처음부터 후배들을 위해 만든 프로그램이었다. 자회사

에서 하는 것보다 본사에서 제작하는 게 후배들 입장에서 훨씬 좋을 거였다. 회의 시간에 후배들에게, 본사에서 우리 프로그램을 보고 욕심내고 있으니 좋은 기회왔을 때 다들 본사로 가라고 했다. 헌수가 내게 같이 가는 거냐 물었고 대엽이가 같이 가야 한다고 고집을 피운다.

"형이 가면 나도 가고 형 안 가면 나도 안 가"

마음은 고맙지만 기회를 잡기 유리한 본사로 억지로 밀어서 보냈다. 나는 계속 무대공연을 올릴 마음을 먹었다. 그때의 분위기를 회상하면 약간의 비장함이 묻어 있었다.

몇 명은 안 간다고 우겼지만 결국 설득해서 보냈다. 그리고 본사에서 '코미디에 빠지다'라는 이름으로 재편됐다. 얼마 안 되어 이 프로그램은 코미디에 안 빠지고 잘못 빠졌다. 바로 폐지되었고. '코미디의 길'이란 프로그램으로 바뀌어 다시 시작됐는데 코미디의 길로 안 가고 엉뚱한 길로 들어섰다. 또 폐지되었다. 결과적으로 너무 아쉬웠다. 이름대로 잘못 빠지고 길이 아닌 잘못된 길로 가버렸다.

그 후 지금까지 MBC는 코미디가 없다.

mbc 코미디가 없어지고 내가 기획 연출한 〈뮤직코믹쇼〉
후배들을 위한 프로그램이었다

마당놀이 그리고

MBC에는 TV제작국·보도국·교양국 등 많은 부서가 있다. 오랜 시간 방송 출연을 하면서도 MBC에 '사업국'이란 부서가 있다는 것은 몰랐다. 해마다 혹은 계절마다 MBC 이름을 달고 펼쳐지는 공연들이 사업국에서 만들어진다. 매년 겨울이면 장충체육관에서 마당놀이가 열렸는데 전국 각지에서 이 공연을 보기 위해 관객들이 모인다. 윤문식·김성녀·김종엽으로 대표되는 MBC 마당놀이는 전통의 마당극 형식을 빌어, 현실 풍자와 흥겨운 음악·춤을 통해 관객과 직접 소통하는 열린 공연이다. 원래 초창기에는 경향신문사에 붙어있던 '문화체육관'에서 열렸던 것이 해를 거듭할수록 인기가 높아져 더 큰 규모인 '장충체육관'으로 옮겨졌다.

나는 고전을 좋아해서 마당놀이를 자주 봤는데, 일반 공연 무대와 다른 원형 무대에서 관객에게 애드립을 치는 등 직접 호흡을 같이하는 게 너무나 마음에 들었다. 언젠가 꼭 해보고 싶어 내 버킷리스트에 담아둔 공연이었다. 어느 날 MBC 사업국에서 섭외가 왔다. 여의도 MBC 본사 바로 옆 건물에 있어서 전화를 놓자마자 바로 달려갔다. 전화를 주신 분은 최성금 부장, 여자분이었다. 앉자마자 '계약서 주세요' 하니까 깜짝 놀라며 출연료 협상도 안 하고 계약서부터 달라는 사람 처음이라고 한다.

"출연료 안 줘도 합니다. 너무 하고 싶었어요."

대학로에 있는 연습장에서 두 달여를 연습하고 장충체육관에 올랐다. 탤런트 양택조 선배님과 국악인 김영자, 국악인 오정해, 뮤지컬 배우 최낙희 외 배우들과 함께 시간 가는 줄 모르고 신나게 연습했다.

장충체육관에 전국에서 관객들이 오셨다. 마당놀이에는 특히 연세가 지긋하신 관객분들이 많이들 오신다. 공연 쪽에 어르신들을 위한 콘텐츠가 부족한 탓도 있지만 마당극에 비교적 더 친숙함을 느끼는 세대이기도 하다. 본 공연 시작 전 내 주특기인 바람잡이 스탠딩 개그를 조금 풀어내다가, 시작 사인을 보내면 국악기들의 흥이 절로 나는 멜로디와 심장이 벌렁거리는 경쾌한 리듬을 체육관 구석구석에 울리며 등장한다. 곧이어 극의 시작과 함께 사물놀이와 풍물패가 나와 눈이 휘둥그레지도록 현란하게 상모를 돌리고 장단을 맞춘다. 하늘하늘 한복의 단원들이 관객 코 앞까지 다가가 도포 자락과 치맛자락을 팔락이며 눈을 맞추고선 구성지게 노래를 한다. 잔치판도 그런 잔치판이 없다. 장내가 정리되면 단원, 관객 모두 정성을 모아 함께 고사를 지낸다. 객석에 있는 관객들이 직접 불려 나와 공연의 안녕을 혹은 본인의 건강을, 나라의 태평성대를

mbc 〈마당놀이〉
바람잡이 중

mbc〈마당놀이〉
마당놀이 바람잡이로 관객들 기분 업시키고

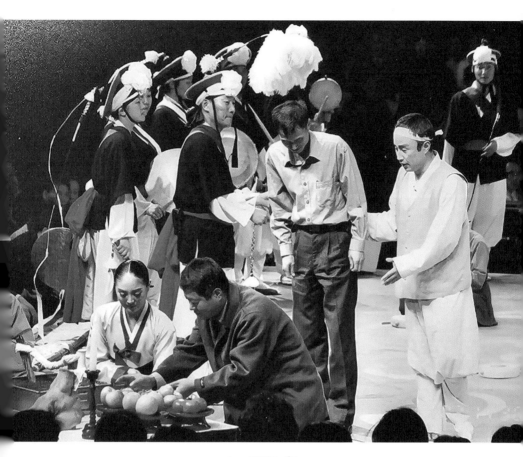

mbc 〈마당놀이〉
마당놀이 관객들과 함께 고사지내며 공연성공을 빌었다

기원하는 절을 하고 막걸리를 올린다. 돼지머리에 지폐를 꽂아 주시기도 한다. 공연이 거듭되자 제법 금액이 쌓였다. 차곡차곡 모아서 단체 유니폼을 맞췄다. 마당놀이패 표식이 붙은 롱패딩은 지방 공연을 갈 때 보면 한층 더 멋지다.

사실 MBC 마당놀이는 윤문식·김성녀의 극단 '미추'와 결별하고 자체 제작하면서 퓨전으로 탈바꿈했다. 춘향전이 '암행어사 졸도야'로 새롭게 태어났다. 마당놀이의 계절이 되면 하나는 장충체육관에서 하나는 남산 어귀 국립극장에서 공연이 펼쳐졌다. 골라보는 재미가 있었다. 50일간의 서울 공연을 마치고 지방 공연을 하다 보면 어느새 여름이 다가오고 있다.

'꼴초' 담배 끊다

마당놀이 '암행어사 졸도야' 하면서 담배를 끊었다. 금연은 살면서 잘 한 일 중 하나다. 하루에 거의 3갑 정도 피던 꼴초로, 완전 애연가였었다. '웃으면 복이 와요'의 작가 시절 새끼손가락과 약지 사이에 담배가 끊어질 때가 없었다. 도넛 모양 연기 연속으로 날리기나 승천하는 용 만들기는 내 특기이기도 했고 담배는 나의 최고 기호식품이기도 했다. 담배 끊는 사람은 독하다는 말이 있다. '상종도 하지 마라' 했던가. 그 정도로 담배 끊는 게 힘들단다. 금연에 실패하는 사람들이 제법 많다. 금연 선언하신 분들은 대부분 공감할 거 같다. 나 또한 금단 현상을 심하게 겪었다. 하루 중 제일 힘든 때를 꼽아 보라면 화장실 갈 때, 술 마실 때, 아침에 일어났을 때, 밥 먹고 나서, 화날 때 등등 사실 하루 종일이다.

담배보다 더 좋아하는 것, 더 절실한 걸 만들면 됐다. 그런 점에서 난 쉽게 금연에 성공한 편이다. 마당놀이를 너무 잘하고 싶었다. 난 공연 전 진행도 하고, 해설도 하고 극 중 연기도 했는데 대사가 가장 길었다. 그리고 뛰어야 하는 장면이 많았다. 장충체육관 복도를 외각으로 반 바퀴 전력 질주해서 짠 나타나는 장면을 몇 번씩 해야 했다. '방자' 캐릭터는 동에 번쩍 서에 번쩍 하는 자다. 한날 공연후, 출연 배우들과 늦게까지 술 마시고 다음 날 공연을 하는데 심장마비로 가실 뻔했다. 너무나 마당놀이는 하고 싶고 앞으로 어쩌나 고민 끝에 금연을 선택했다. 이제는 담배 냄새가 싫다. 20년 넘게 끊었으니 그럴 만도 하다.

라스베가스에서 마당놀이

MBC 마당놀이 '심봉사, 심봤다.' 는 이덕화 선배가 주연이었던 두 번째 작품이었다. 심청이가 왕비가 되고 이후의 이야기로 바닷속이 배경이다 보니 난 쭈꾸미 역할로 극 중 감초이자 해설이다. 쭈꾸미는 이덕화 선배의 방자 같은 역이다. 평소 팬심이 가득했었는데 이덕화 선배님은 역시 국민배우인 만큼 모범적인 분이었다. 연습에 한 번도 빠지지 않고 최선을 다하시는 모습에 감동 받았다.

서울 공연과 지방 공연이 성공리에 끝났다. 호응이 상당했다. 열정적인 모두의 승리였다. 미국 공연도 이루어졌다. LA 교포를 대상으로, 무하마드 알리가 시합했다는 '오리토리움'에서 미국 교포분들을 만났다. 고국에서 온 공연팀에 대한 사랑은 공연 그 이상이었다. 스태프와 배우들 100여 명의 대식구가 라스베가스로 향했다. 일정에도 없었던 MBC가 주는 보너스였다.

〈마당놀이 '암행어사 졸도야'〉
춘향이와 결혼한 이후 이야기 상상금지

〈마당놀이 '심봉사 심봤다'〉
심청이 환생 이후 풍자와 즐거움으로 관객을 만났다

〈마당놀이 '온달아 평강아'〉
노는 후배들과 힘을모아 만든 공연

MBC 마당놀이 망할 뻔했다

매사에 만족을 못하는 나는 호기심도 많고 추진력도 있는 편이다. 뭐든 배우고 도전하길 좋아한다. 하고 싶었던 마당놀이에 출연하면서 한편으로 내가 연출하면 진짜 재미있게 할 수 있을 것 같다는 생각을 했다. 춤을 전공했고 민요도 내세울 만큼은 아니지만 조금 배웠기 때문에 생겨난 막연한 자신감이었다. 언젠가 마당놀이 연출도 할 수 있으면 좋겠다.

뜻이 있는 곳에 길이 있다고 했다. 그 기회는 생각보다 빨리 찾아왔다. 어느 날 사업국 최성금 부장님이 급히 만나자고 했다. 장근복 국장님과 함께 찾아왔다. 무슨 일인가 했다. 국장님까지 직접 오시다니? 내용을 들어보니 개인적 사정으로 고사했던 그 해 마당놀이가 연습 중이었는데 연출자가 공연을 4시간 넘는 러닝타임으로 만들어놔서 수습이 안 된다고 한다. 마당놀이는 길어도 2시간이 넘으면 절대 안 된다. 공연 자체도 힘들지만, 주요 관객들이 연세 드신 분들이 많아서 관람하기도 힘들다. 공연 광고도 이미 마쳤고 장소 계약도 끝났고 출연자, 스텝 등 모든 계약은 끝난 상태였다. 공연이 망하면 부장·국장 다 '모가지'라고 하신다. 그래서 급하게 연출을 구하는 거였다. 본디 공연을 늘리는 게 쉽지, 줄이는 건 어려운 법이다. 새 연출을 구하려 했지만 막상 공연 진행 상황을 보고는 다들 손을 내저었다고 한다. 나도 사실 쉽지 않을 거라 생각은 했지만 워낙 급한 상황이라는 말에 그대로 부장님 차에 올라 연습 장소에 갔다. 정말 올릴 수 없는 상태였다. 남은 시간은 고작 3주, 해서 조건을 걸었다. 내용 줄이거나 각색을 마음대로 할 수 있게 해주면 해보겠다고 했다. 그 자리서 오케이 사인이 떨어졌고 그날 바로 대본 수정에 들어갔다.

조선 성종 때 실존 인물로, 술집 기생 어우동으로만 알려진 '어을우동'의 이야기였다. 원래 시나리오나 대본은 쓰는 것도 힘들지만 줄이는 건 정말 곤욕이다. 거기다 시에 능했으나 시대에 포용되지 못한 어을우동의 또 다른 면도 보여줘야 했다. 내용의 거의 절반을 들어내고 줄여야 했고 재미와 감동도 놓치면 안 된다. 시멘트와 철근, 벽돌만 쥐고 곧 닥칠 태풍 전에 집을 지어야 하는 상황이었다. 말이 연출이지 작가에, 동선 잡고, 배우들 연습시키며, 국악팀 음악 챙기고, 코미디 부분도 새로 짜야 했다. 힘든 작업이었다. 입술이 다 터지고 체중이 쭉쭉 빠졌다. 해설자가 없어서 작품을 다 만들고 출연도 했다.

다행스럽게 공연은 성공적이었다. 국장님과 부장님은 나를 영웅으로 추켜세우며 죽을 때까지 술을 사겠다고 약속하셨다. 낭만

〈마당놀이 '어을우동'〉
망할뻔한 마당놀이를 인공호흡으로 살려낸 작품

적인 시절이었다. 국장님은 지병으로 돌아가셨다. 부장님은 지금
도 술을 사신다. 근데 부장님은 조금 행복하실 것 같다. 얼마 전부
터 내가 술을 끊었다.

이제는 술 말고 밥 사줘요!

"MBC 선배들은 다 엿 같아!"

애교머리 김종하, 최현진, 오승환, 나 이렇게 넷이서 술을 마시다 후배 승환이가 화를 낸다.

"KBS는 선배들이 후배들 데리고 공연도 하고 그러는데 MBC는 선배들이 다 자기 살 생각밖에 안 해, 후배 사랑, 후배 걱정 하나도 안 해!"

애교머리 김종하는 원래 조용한 편이라 묵묵부답. 현진이도 승환이를 거든다. 공연하고 싶다며 투정 부린다.

"공연하고 싶냐?"

내가 물었다.

"당연하지!"

현진이가 바로 답했다.

"알았어. 그만해. 내가 공연 준비할게".

"진짜요?"

취중에 후배 잔소리가 듣기 싫어서 큰소리쳤다. 다음 날 술이

대학로 공연 〈컬트홀에 귀신이 있대〉

깨니 고민이다. 정찬우에게 전화를 걸었다. 찬우는 대학로에서 이미 '컬트홀'이라는 공연장을 운영하고 있었다. 250석 규모의 아담한 공연장이다. 컬투가 공연장 오픈하는 날 축하 해주러 가봤기 때문에 이미 공연장을 알고 있었다. 스케줄을 잡고 대관료를 입금했다. 컬트홀 빌렸으니 아이디어 회의하자고 승환이랑 현진이, 종하를 불렀다. 술자리에서 한 말을 바로 진행하니 처음에는 안 믿었다. 너무 좋아하며 모여서 열심히 회의했다. 불안하지 않도록 출연료를 미리 줬다. 내가 제작하는 것이다.

콩트를 같이 할 배우들을 뽑았다. 7인을 꾸렸는데 제목을 '컬트홀에 귀신이 있대' 라고 지었다. 현진이 아이디어로 현진이가 제목을 지었다. 소극장 공연이었지만 무리해서 케이블 TV 광고도 붙이고 여기저기 홍보에 열을 올렸다. 우리끼리 웃자고 한 얘기지만 진짜 귀신 붙었나보다. 쫄딱 망했다. 대학로 공연은 규모의 경제를 이룰 수 없는 구조다 보니 손익만 놓고 보면 거의 망한다. 협찬이 없다면 무조건 입소문이다. 대학로 소극장 공연을 MBC, KBS에 광고를 붙인다면 그건 미친 짓이다. 공연이 뒤로 가면서 관객이 붙는다. 날이 지날수록 입소문이 퍼졌다. 그러나 늦었다. 공연장 계약날짜가 다되어 비워 줘야 하는 상황이었다. 하여튼 결론은 망했다.

다른 얘기지만 '컬트홀에 귀신이 있대'는 분명 재밌었고 반응이 좋았다. 갈수록 관객도 늘었는데 하는 아쉬운 마음에 공연에 대한 미련이 남아 앙코르 공연을 기획했다. 제목도 전국에 바이러스를 퍼트리자고 '서승만의 웃음 바이러스'로 바꿨다. 이번에는 제목을 내가 지었다. 내가 지었으니 좀 다르냐 하면 바이러스 감염된 거 같이 또 망했다. 오기가 생겼다. 될 때 가지 해보자. 기타 연주가 좋은 승환이랑 현진이를 묶어 '화니 지니' 팀으로 공연을 몇 년 같이 했다. 기획사는 아니지만 내가 매니저 역할을 했다. '컬트홀에 귀신이 있대'를 대학로에서 내리고 며칠 뒤, 방송국에서 김종하가 나를 찾았다. 조용한 곳으로 나를 부르더니 봉투를 내밀었다.

승만 : 뭐냐?
종하 : 너도 망했는데 출연료 받는 건 아닌 거 같아서
승만 : 아냐 그래도 너도 고생하고 출연했는데
종하 : 너는 출연 안 했냐. 같이 했잖아. 나 안 받아.

받아라. 안 받는다. 실랑이를 하다 결국은 손에 돌려줬다.

승만 : 니가 안 받으면 둘 다 망한 거야. 받으면 나만 망한 거고
       같이 망할래?

종하의 마음이 두고두고 고마웠다. 손해는 봤지만 적어도 약속은 지켰고 사람도 얻었다.

대학로 공연 〈서승만의 웃음 바이러스〉
쫄딱 망하고 의기투합 후 앵콜 공연 '바이러스' 또 망했다

어려울 때 친구가 진짜 친구다

강원도 삼척에 사는 동생이 삼척에는 공연도 없고. 문화예술 혜택이 너무 없다며 툴툴거렸다. 삼척 사람들은 어떤 공연을 보고 싶어 하냐고 물으니 문화 소외 지역이라 TV에 나오는 유명한 연예인 보는 공연이 제일 좋다고 한다. 듣는 순간 이범학과 현진영이 떠올랐다. 범학이는 '이별 아닌 이별'로 탑을 찍을 때였고 현진영은 '현진영고 진영고'로 최고로 힙한 스타였다. 그들은 어떠냐고 물으니 깜짝 놀라며 반색한다. 삼척 시민들은 너무 좋아할 것이라고 들떴다.

그래 한 번 해보자. 범학이와 진영이에게 그 자리에서 전화했다.

"형이 하자면 무조건 해야지."

둘 다 친한 동생들이었지만 둘의 반응이 너무나 고마웠다. 여자 가수도 한 명 섭외하기로 했다. 감미로운 목소리의 주인공 원미연 어때? '이별 여행'이란 노래로 속칭 잘나가고 있었다. 원미연도 바로 섭외했다. 삼척의 공연장이 약 2천 석 규모였는데 4회 공연을 기획했다. 포스터 현수막 디자인하고 음향 장비 빌리고 일이 순서대로 착착 진행되어 갔다. 문화예술 소외 지역 강원도 삼척 시민들에게 즐거움을 주고 잘하면 수익도 생길 일이다. 일반 사람들은 잘 모르겠지만 연예인은 공연이나 행사 전에 미리 출연료를 줘야 한다. 그게 업계 룰이다. 나 역시 잘 알고 있었고 출연료를 미리 내 돈으로 보냈다.

미리 계산을 해보니 2천 석 객석이 두 번 정도 차면 출연료, 음향 장비, 홍보비 다해서 본전이다. 그리고 4회 공연중 남은 2회는 수익이다. 공연 당일 오전 일찍 출발했다. 오후쯤 도착해 식사하고 무대 점검하고 나니 가수들이 속속 도착한다. 차 한 잔씩 마시고 수다를 떨고 기쁜 마음에 리허설을 했다. 분장 필요한 사람은 분장을 하고 무대의상으로 갈아입는 사람, 목소리 가다듬는 사람 준비가 한창이다. 공연장 오픈한다는 무전이 왔고 기대감에 커튼 뒤에서 눈만 빼고 객석을 봤다. 썰렁하다!

첫 공연에 24명이 들어왔다. 2천 석 중에 24명이라니. 이게 뭐지? 이건 말도 안 돼! 2회 공연은 더 비참하다. 하늘이 무너진다. 2,000명이 들어와서 소리 지르고 박수 치고 삼척이 들썩들썩 난리가 날 줄 알았다. 뭐가 잘 못 된 거지? 이게 말이 되는 건가? 공연장 밖에 나가봤다. 경찰들과 양복 입은 사람들이 공연장을 둘러싸고 있다. 이건 무슨 상황인가?

사실은 우리 공연 전날 잠실에서 팝가수 '뉴키즈 온더 블록' 공연이 있었는데 여고생이 압사하는 사고가 있었던 것이다. 강원도 교육청과 근처 학교 선생들이 사고 방지 차원으로 공연장 입장을 막고 있었다. 이미 들어와 있는 24명 관객을 무대로 올려서 빙 둘러 앉아 토크쇼 형식으로 진행했다. 속이 터질 듯했다. 알고 보니 들어와 있는 학생들은 큰 뜻을 갖고 학업을 거의 포기한 용맹이 지나친 분들이었다. 학교에서 만약 공연장에 가면 퇴학시킨다고 했다니까. 4회 공연 중 2회만 하고 그냥 돌아왔다. 돌아오는 길에 현진영이 내게 말했다.

"형 내가 쏠게. 우동 한그릇 먹자."

우동인지, 빨랫줄인지 모르는 것을 씹는 둥 마는 둥 입에 우걱우걱 넣었다. 현진영은 정말 착한 동생이다. 얼마 전 유튜브 서승만TV에 나와서 오래 전 나에게 고마웠다며 추억을 이야기했다. 그가 고생할 때 내가 '르망'이라는 자동차를 줬다고 한다. 듣고 보니 기억이 났다. 나는 그때 차가 두 대 있었다. 그런데 진영이는 차가 없었다. 연예인인데 차가 없다는 게 말이 되냐고 한 대 가져가라며 키를 줬었다. 폐 끼치기 싫어 끝까지 마다하는 진영이에게, 끝까지 주려고 우겼는데 진영이가 내게 말했다.

"형! 나 면허 없어"

그래서 차를 가져가진 못 했지만 살면서 고마웠단다.

브라운관에서 무대로

마당놀이처럼 관객과 호흡하고 즉석에서 반응을 보는 공연 예술에 심취했다. 무대가 그랬고, 무용, 소리가 그랬고 뮤지컬도 그렇다. 2004년도에 뮤지컬 '터널'을 만들었다. 대본을 쓰면서 스스로 주인공에 동화된 느낌을 받은 작품이라 애정이 간다.

사춘기를 거치는 고등학교 2학년 민구가 세 들어 이사 온 밤무대 가수 혜진을 짝사랑하면서 우여곡절을 겪고 결국 자신을 걱정하는 어머니에 대한 사랑을 깨달으며 성장하는 이야기다. 작품이 말하고자 하는 주요 덕목이 '효'다. 불효자 입장에서 효를 쓰는 데에는 반성과 사과의 의미도 담겨있었다. 처음에는 웃기고 재미있다가 극 마지막 부분에 짠한 감동을 일으킨다. 한번은 단체 관람 온 학생 중 하나가 반바지에 슬리퍼를 끌고 맨 앞에서 다리를 쩍 벌리고 누운 듯이 무대를 보다가 마지막엔 고쳐 앉으며 눈물을 흘렸다는 후기도 있었다. 연기하는 배우가 무대에서 본대로 전한 말이다. 무대와 자리는 1미터도 안 떨어져 있기 때문에 눈물을 봤다는 것도 믿음이 간다.

처음 대본을 만들었을 때, 뮤지컬계의 최불암 선생님이라 불리는 남경읍 선배님을 찾아갔다. 선생님 역할이 어울릴 것 같았다. 남선배님은 한쪽에 쌓여있는 대본 무더기를 보여주며 학원을 운영하기 때문에 바빠서 1년에 한 개 작품밖에 못 한다고 하셨다. 쌓여있던 작품은 주로 브로드웨이 대형 작품 대본들이었다. 믹스커피 한 잔 마시고 나오면서 아쉽지만 그래도 후배가 가져온 거니 혹시 시간 날 때 한 번 읽어봐 주시면 감사할 것 같다고 했다. 남 선배님은 그렇게 하겠다며 조심히 가라고 하셨다. 연습실로 와서 다른 일을 하고 있는데 남 선배님이 전화했다. 세 시간 정도 지난 후였다. 내가 가고 나서 대충 훑어보다 보니 너무 재밌어서 꼼꼼히 읽어보셨다고 한다. 그리고 이 작품에 출연하겠다고 하셨다. 생선 장사하시며 남경읍·남경주 형제를 대한민국 최고의 뮤지컬 스타로 만드신 본인 어머니 이야기와 너무 비슷해서 자기 이야기를 보는 것 같았다고 하셨다.

경읍 : 읽어보고. 감동적이라 울었어.
승만 : 감사합니다
경읍 : 역할을 조금만 키워줘
승만 : 물론이죠

남 선배님은 하루도 안 빠지고 연습에 나오시고 거의 매일 마

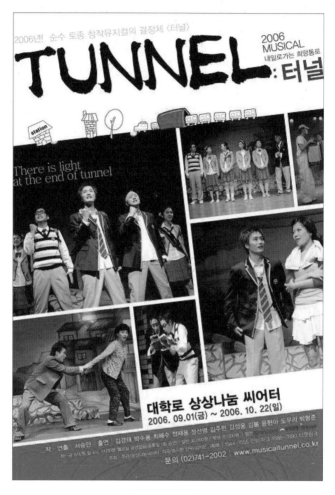

뮤지컬 〈터널〉
감동과 웃음으로 호평을 받았던 작품이다

〈터널〉 공연 당시 남경읍 선배님 모범적이고 열정적이셨다

지막 부분에 눈물이 글썽이셨다. 정말 모범적인 분이시다. 연습하는 날은 무조건 어머니께 전화하신다. 다른 배우들도 '터널' 출연하면서 부모님께 전화하는 버릇이 생겼다고 했다. 무에서 유를 창조하는 예술 분야에 최고의 찬사였다. 남 선배님은 '터널' 공연이 다 끝난 다음에 내가 없는 자리에서 후배들에게 이야기하셨단다.

"앞으로 서승만이 만드는 작품은 공연이든, 영화든 무조건 출연할 거야."

다른 사람을 통해 들으니 기분이 더욱 좋았다.

친구이자 대학 동창인 영화배우 허준호에게도 도움을 청했다. 바쁜 와중에도 준호는 조연출을 맡아줬다. 준호는 뮤지컬을 한다는 나를 처음엔 말렸다. 경험상 공연 쪽은 무조건 망할 수 있다고 했다.

준호는 참 좋은 친구다. 준호 말이 맞았다. 정말 힘들고 고생했는데 관객들의 반응을 보면 그만둘 수가 없었다. 흥행은 실패다! 끝까지 해보자는 오기가 생겼다. 초회 공연은 서대문 문화일보홀에서 올렸다. 문화평론가 김연수 교수가 인터뷰하러 왔다. 말투가 기분 나빠서 초면에 다퉜다. 알고 보니 러시아 유학파였는데 러시아 말이 톤업이 돼서 내가 오해한 거 같다. 재미있는 것은 김교수도 내 말투가 싫었다고 한다. 인터뷰도 제대로 못 한 채 객석에 앉았다. 그날 이후 김교수는 뮤지컬 '터널' 서포터즈를 자청하고 나섰다. 관객을 소개해 주고 홍보도 해주고 큰 역할을 해주었다. 그 후로도 한결같이 솔직하고 정 많은 친구이며 동생이다.

첫 공연을 했던 문화일보홀 계약이 끝났다. 계획된 공연이 끝났지만 남 선배님을 비롯한 배우들이 도리어 내게 용기를 주고 2차 공연을 앙코르 형식으로 하자고 한다. 공연장을 얻으러 다녔지만 어느정도 규모의 공연장은 예약이 차 있었다. 그러던 중 대학로 방송통신대학교 뒤편에 쇳대 박물관이라는 건물 지하가 비어 있다고 들었다. 급히 가보니 꽤 넓은 공간인데 달랑 전선 하나 들어와 있고 텅텅 비어 있었다. 갈등하다가 비싼 돈을 주고 월세를 얻었다. 계약기간 5년. 시멘트뿐인 텅빈 공간에 무대와 객석을 깔고 음향과 조명 시설을 했다. 많은 돈을 투자했다. 내 인생 가장 후회되는 순간이다.

뮤지컬 〈터널〉 오디션
바쁜 시간을 쪼개 도와준 허준호, 변치 않는 친구 사랑하는 멘토 함경문
그리고 국내 최고의 안무 강옥순 선생님

대학로 공연장은 방송가와 달랐다. 너무나 생소한 일에 엄청 많은 돈을 투자하고도 수익은커녕 본전도 못 찾는 분위기다. 처음 해보는 탓에 너무 무리했다. 5년간 공연장을 운영했는데 지금 와서 생각해 보면 똑똑한 극장장 한 명이면 다 할 수 있는 업무에 직원 일곱 명을 썼다. '터널'을 극장 첫 작품으로 올렸다. 내가 만든 내 공연장이니 편하긴 했지만 지출이 너무 컸다. 대학로 소극장 중에서 가장 고급스럽다고 소문이 났다. 사실이기도 했다.

지출로 허덕이는 입장이었지만 극장을 만들 때 가졌던 각오가 있어서 MBC 개그맨 후배들을 위해서는 무료로 공연장을 빌려주었다. 매주 월요일 개그맨 후배들은 공개 코미디 연습을 하고 재밌다는 평가를 받으면 방송으로 나가는 기회를 잡는다. 공연장이 필요하다는 후배들 말을 듣고 무상으로 빌려주었다. 관객들 앞에서 미리 연습할 기회를 가질 수 있었다.

'상상나눔 시어터', 나와 우리의 상상을 나누는 곳.

하지만 매달 월세와 관리비까지 천만 원 정도 지출이 되고 직

상상나눔 시어터

원 7명의 월급이 들어가니 현실은 상상하기 힘들 정도로 먼 곳에 있었다.

직함은 공연장 대표지만 거지가 되어가고 있었다. 비싼 세를 내며 하루 두 시간 정도만 쓰는 게 너무 아깝기도 했다. 그러던 중 누군가 낮에 비는 시간에 어린이 공연을 하면 어떠냐고 제안했다. 생각해보니 나쁘지 않았다. 내 공연장에서 내 맘이니까. 좋은 생각이다 싶어 바로 컴퓨터 앞에 앉았다.

당시 OECD 국가 중 우리나라가 어린이 교통사고 사망률이 꽤 높았다. 나에게 5세, 6세 아들이 둘 있다. 당시 안전사고에 쉽게 노출되는 나이여서 나 또한 늘 같은 걱정이 있었다. 내 아이에게 보여줄 수 있는 공연을 만들어 보자는 생각에 시작한 것이 '어린이 교통사고 예방 뮤지컬, 노노이야기' 다.

뮤지컬 '노노이야기' 속 주인공 '노노'는 잔소리하는 엄마가 없어졌으면 좋겠다고 생각하고 엄마 없이 하루를 지낸다. 하루 동안 아동에게 일어날 수 있는 가정에서의 위험을 이야기로 풀어내고 엄마를 찾아 떠난 길에서 노노가 겪는 유혹과 위험을 헤쳐나가는 모습을 보여주는 것이다. 엄마를 찾아 품에 안기기까지 다섯 살 노노와 함께 어린이 관객들은 울고 웃는다. 우리 주변에 부지불식간에 일어나는 온갖 사고 위험을 인식하고 평소 생활을 반성하게 되는 간단한 이야기지만 신나는 춤과 노래가 있어서 아이들 교육에 최적화된 작품이었다. 학부모들과 유치원 선생님들이 더 좋아했던 공연이라 자신할 수 있다. '노노이야기' 공연을 보고 우리 애가 달라졌다며 꽃다발이나 케이크를 사 오는 분들도 늘었다.

어느 날 '노노이야기'에 대한 소문을 익히 들었다며 '안전생활실천시민연합(안실련)'의 사무총장이란 분이 찾아왔다. 이름이 특이한 분인데 허억이라는 분이다. 현재 가천대학교에서 학생들을 가르치신다. 허억 교수가 노노이야기와 안실련이 함께 어린이 안전행사를 하자고 하셨다. 이 인연으로 안실련과는 여러 가지 안전 관련 행사를 진행하게 되었다. 그 후 여기저기 사업 제안도 들어오고 어린이 안전관련 상품에 대한 사업제안도 받았다. 관객은 물론 일반인들의 높은 호응에 스스로 놀랐다.

코미디, 마당놀이, 연극에 이르는 방송과 대중문화예술 속에서 '어떻게 하면 관객들을 웃길까, 더 재밌게 할 수 있을까' 하는 고민만 하면서 살다가 국가와 사회에 어떤 이익이 되고 있다는 주변의 격려와 말을 들으니 갑자기 누구도 얹어준 적 없지만 책임감 같은 것이 생기는 기분이었다. 아이들의 작은 변화를 보며 문화와 예술을 이용한 공익적 일을 할 수 있다는 자신감과 사명감이 생겼다. 그러나 결코 돈이 되거나 수익이 발생하지 않았다. 공연장 운영에 힘이 들어 시작한 일인데 이번에도 좋지 않다.

일반 관객들은 초대권이 없으면 공연 관람을 잘 안 한다. 편하게 에어컨 바람을 쐬며 극장에서 영화 한 편을 봐도 만 원 정도면 되는데 좁디좁은 소극장에서 2만 5천 원씩 내고 본다는 건 쉽지 않

어린이들과 함께 한 〈노노이야기〉
어린이 안전을 위해 노노이야기를 플레쉬 에니메이션으로 만들어
인터넷으로 공개했다

은 일이었다. 싼 가격에 하루 종일 스크린에 돌리듯이 할 수도 없는 일이다. 하물며 어린이극을 일반 뮤지컬만큼의 푯값을 고수할 수는 없는 노릇이다. 1, 2인 극이 많은 대학로 어린이극은 다 이유가 있었는데 '노노이야기'는 등장인물이 많고 곡도 많았다. 다행스럽게 '노노이야기'는 한 번 보신 분들이 주변 사람들을 데리고 오는 경우가 많았는데, 그럴 때는 주로 할인표나 매표 사이트 예매가 아니라 온전히 제값을 내고 입장해 주셔서 다소 도움이 되었다.

욕심은 끝이 없었다. 공연을 보고 나가는 아이들 입에서 뮤지컬 주제가가 흘러나오는데 보람이 차올랐다. 더 많은 아이들이 봤으면 좋겠다는 생각이 들었다. 그리고 2만 5천 원짜리 티켓 일부의 무료 나눔을 시작했다. 공연 쪽에서 소문은 빠르게 퍼졌고 후원이 들어왔다. 뜻밖의 일이다. 대학로 소극장에서 각종 공연 기업 후원을 받는 건 하늘에서 별 따기보다 힘들다던데 먼저 후원을 해주겠다고 나서다니. 힘을 받았다. 본격적으로 전속 배우를 뽑았다. 기본 연기부터 춤, 노래를 가르치고 작품의 완성도를 높였다. 그리고 전국 공연을 시작했다. 2005년부터 코로나 발생 직전인 2019년까지 했었는데, 큰 기업 지원은 한 번으로 끝났다. 다음을 약속할 수 없는 시간이 흘렀다. 다시 답답하고 힘든 상황이다.

나를 포함해, 누가 뭐래도 가장 어려웠을 수많은 대학로와 공연계 종사자들에게 위로와 격려를 보낸다.

2006년에는 뮤지컬 역사상 처음 있는 일인 듯싶은 기쁜 소식

어린이들과 함께 한 〈노노이야기〉
노노 공연 시작 전 설레는 아이들의 모습과 배우들

을 듣게 되었다. 어린이 교통 안전에 기여한 공로를 인정받아 '노노 이야기'가 행정안전부 장관상을 받게 되었다. 2007년에도 연속해서 같은 상을 받게 되었는데 고생하고 힘들었던 제자 최혜수 배우가 대표 수상했다. 이제 본격적인 안전 문화 전도사가 되어가고 있었다. 노노에 접목할 콘텐츠 개발을 시작했다. 알밤 같은 개구쟁이 노노 캐릭터를 개발해서 플래시 애니메이션을 만들고 게임을 제작하고, 4컷 만화를 만드는 등 웹상에서도 안전 캠페인을 시작했다. 이 모든 걸 아이들을 위해 무료 나눔을 하였다.

행정안전부 장관상 수상
노노이야기로 행정안전부 장관상을 수상했다. 그것도 두 번이나!

우유 모으는 아이

대부분 교통사고는 아이들의 부주의나 잘못도 있지만, 운전 부주의로 인한 운전자 과실이 많다. 아이들의 시선에서 예방을 바라는 것은 사실 무리다. 교통사고 방지 캠페인 효과를 올릴 또다른 방법이 없을까하는 생각 끝에 동화를 하나 썼다. 운전하는 부모가 아이들에게 읽어주는 동화책이 '우유 모으는 아이'다.

평소 욕심 많은 형이 매번 우유를 빼앗아 먹어 형이 밉다고 생각하는 노노. 어느 날 형이 사고를 당하게 되면서 슬퍼하는 부모님과 다시는 볼 수 없는 형에 대한 미안함을 느끼고 노노는 돌아오지 못하는 형을 위해 우유를 모은다.

교통사고 예방에 대한 중요성을 주는 슬픈 동화책이었다.

아빠가 읽어주는 동화책 〈우유 모으는 아이〉
교통사고 방지 캠페인으로 기획하여 썼다

꾸벅이 이야기

'노노이야기'가 유명해지면서 유사품이 많이 나왔다. 명품 공연이 아닌 짝퉁 공연. 그러나 대부분 실패했다. 진정성으로 만든 작품과 손익 분기점을 따지고 만드는 것과 버티는 힘이 다르다. 사실 공연으로 수익 발생한다는 것은 좀처럼 쉬운 일이 아니다. 특히 안전 관련 공연은 수익보다는 사명감으로 하거나 보람으로 해야 버틸 수 있다. '노노 이야기'가 유명해지면서 어느 날 삼성 건설에서 관계자들이 찾아왔다. 너무 좋은 작품이라며 삼성건설 관련 뮤지컬 의뢰를 했다. 그때 당시 층간소음 문제로 살인사건이 나서 온통 떠들썩할 때였다.

층간소음 문제는 심각하다. 나는 아파트 맨 위층에 사는데 남자아이 둘을 키우다 보니 언제든 갈등이 생길 수 있었다. 아래층에는 할아버님과 할머님이 따님 한 분과 살고 계셨다. 엘리베이터에서 간혹 뵙게 된다. 두 분을 뵐 때면 항상 죄송해서 사과드리고 인사를 드렸다. 그럴 때마다 할아버지는 오히려 괜찮다고 하신다.

뮤지컬 〈꾸벅이 이야기〉
층간 소음으로 살인사건이 난 뒤 공연을 만들었다. 공동주거 생활에 필요한 내용을
담은 즐겁고 유쾌한 뮤지컬이다

승만 : 죄송합니다. 아이들이 혼내도 매일 그렇게 뛰네요.

할아 : 아이구 괜찮아요. 아이들이 뛰어야지. 안 뛰면 병난 거지.

승만 : 감사합니다. 주의 시킬게요.

할아 : 아녀 나랑 할멈은 귀도 어두워서 몰라. 맘껏 뛰라고 해.

애들이 '꾸벅' 인사를 하면 할아버님이 늘 친손자를 보듯 대해 주셨다. 애들이 인사라도 꾸벅 잘 해야지하는 마음에 '꾸벅이 이 야기'라는 걸 만들었다. 삼성건설에서 제작비를 지원하고 내가 대 본을 쓰고 일원동에 있는 삼성 래미안 갤러리에서 공연했다. 삼성 건설에서 공익 작품을 만든 것이다. 공연은 성공이었다. 아쉬운 건 본부장이 바뀌면서 공연을 중단시켰다. 음악을 싫어하는 사람이 왔다.

음악 싫어하는 사람이 있다니!

라스베가스, 그날 밤

LA에서 4시간 30분 동안 쭉 뻗어 있는 길로 달려야 했다. 양쪽이 끝도 없는 사막이다. 사막에 만들었다는 라스베가스, 대륙임이 실감 났다. 마당놀이 출연자들이 단체로 이동하다 보니 버스를 빌려서갔다. 나는 리무진을 타고 갔다. 미국에서 사업하던 친구 덕이다. 방 배정을 받고 부장님과 10여 명이 공연을 보러 갔다.

라스베가스에 세계적인 카지노가 있는 건 다 아는 사실이다. 그런데 도박하는 사람과 동행한 가족들이 놀기에도 너무 좋은 환경이다. 놀거리, 볼거리, 쇼핑몰 또한 대단하다, 보기만 해도 돈 쓰기 좋은 곳이다. 그리고 무엇보다 세계적인 공연들이 있다. 우리는 '미스티어'라는 공연을 보러 갔다. 인터넷으로 예약을 하거나 며칠 전에 미리 현장 예매를 해야 관람이 가능했다.

승만 : 부장님 근데 예약했나요?
부장 : MBC에서 왔는데 그깟 티켓 못 구할까봐?

최성금 부장님은 평소 추진력이 끝내주고 일을 정말 잘하시는 분이다. 그러나 미국에선 안 먹혔다. 공연 티켓을 못 구했다.

너무 보고 싶은 공연이었다. 여기저기 표를 구하기 위해 서로 알아보는 척, 전화기 붙들고 전화를 해댔다. 아무도 못 구했지만 결국 내가 구했다. 리무진으로 나를 라스베가스에 데려다준 친구가 10매를 구해줬다. 그 친구가 '미스티어' 공연하는 호텔 VIP였다. 얼떨결에 세계에서도 알아주는 인맥왕이 되었다. 근데 그냥 표를 줄 수는 없지. 장난기가 발동한 나는 표를 흔들었다.

승만 : 공연 보실 분~ 오빠. 아니면 형이라고 하시면 표 드립니다.
부장 : 장난치지 말고 빨리 줘
승만 : (찢는척하며) 해 봐.
부장 : 승만 오빠!

부장님은 나보다 네 살 많으시다.

공연장은 멋지고 화려했다. 공연은 감동이었다. 서커스인데 태어나서 처음 보는 그야말로 환상의 공연이다. 공연 내내 입이 다물어지지 않았다.

표를 구해준 친구는 와이프 친구 민정씨 남편인데 나이가 나와 같아 친구가 됐다. 내가 결혼하고 신혼일 때 처제 둘이 같이 살게 되었는데 민정씨도 개인적 사정이 있어서 함께 살았다. 그리고 지금은 미국에 살고 있다. 민정씨는 조용하고 착한 성격인데 직선적으로 바른말을 잘하는 분이다. 같이 지내던 시간이 뭐가 그리 고마운지 늘 고마워한다. 민정씨를 통해 만난 친구다. 내가 미국에 왔다고 남편과 함께 마당놀이도 보고 리무진으로 데려다주고 미스티어 끝나고 라스베가스 환상의 야경도 보여주고 스테이크도 잘라 줬다. 운전하는 기사랑 뒤에 앉은 사람하고 이야기하면 소리 질러야 들릴 정도로 긴 리무진은 처음 타봤다.

친구 덕에 나팔 분 얘기다.

5

작은 영웅들

공부 못하고 말썽 많은 학생을 반장 시켜 놓으면 공부도 잘하고 모범생이 되는 경우가 간혹 있다. 내가 그런 경우다. '노노이야기'가 나름 성공하면서 장관상을 수상했고 온라인상의 어린이 안전 캠페인도 계속 진행되었다.

그리고, '국민 영웅'이 되었다. 얼떨떨한 소식이었다. 박근혜 정부의 '대국민통합위원회'란 조직에서 우리나라 아이들의 안전사고 예방에 이바지한 게 크다며 '생활 속 작은 영웅'이라는 호칭을 주었다.

"이왕 주는 거 큰 영웅을 주시죠?"

라고 하니 큰 영웅은 전쟁 나가야 가능하다고 한다. 사람들이 알아주는 것 같아서 기뻤다. 나라에서 인정한 '영웅'이니까. 내가 한 일보다 아주 과하게 포장해 준 것 같은 겸연쩍음이 있었지만 국민 MC, 국민 여동생, 국민 배우 등 소속사에서 만들어 주는 것과 비교해도 국가 공인 인증을 받은 셈이니 마음이 뿌듯했다.

문화예술을 하면서 받은 영웅패라 더 자부심이 생겼다. 순수하게 어린이 안전을 위해 만든 노노이야기에 대한 자부심 또한 커졌다. 내가 대한민국 아이들을 위해서 뭔가 좋은 일을 하고 있다.

'이왕 이렇게 된 거. 슈퍼맨처럼 망토를 메고 다니자!'

국민 안전에 대한 관심도 커졌다. 본격적으로 사단법인 국민안전문화협회를 만들었다. 그간 수많은 행사를 했지만 주로 사회자로 참석했었다. 대표로 인사말을 한 적은 처음이다. 처음 협회를 만들 때 이사진의 인감도장과 인감증명서가 필요하단다. 일을 맡아 줄 후배들에게 전화했다. 따르릉. 따르릉. 딸깍!

동생 : 여보세요

승만 : 응, 난데. 인감증명서 한 통이랑 도장 좀 보내라. 내가….

동생 : 그래 지금 보낼게.

용도가 뭔지 묻지도 않고 보낸다. 사기당하기 좋은, 무조건 나를 믿어주는 고마운 인간들이다. 마음먹었을 때 바로 협회를 만들고 국회 헌정기념관에서 출범식을 했다. 벚꽃놀이 인파로 가득한 여의도 일요일임에도 자리가 꽉찼다. 나를 믿고 따라와 준 임원들 그리고 동료 개그맨 선·후배들이 자리를 빛내주었다.

이홍렬 형님과 엄용수 형님, 의리의 사나이 탤런트 김형일 형, 나의 일은 항상 빠지지 않는 탤런트 이종원과 임승대, 천의 목소리 성우 안지환, KBS 대표 아나운서 한석준, 그리고 후배 류담, 졸탄,

'생활 속 작은 영웅' 영웅패 수여
나는 망했지만 어린이 안전에 큰 역할을 했다고 인정받아 국가에서
정식으로 '작은 영웅' 1호가 되었다

서승만은 '큰 영웅' 이 아닌 '작은 영웅'

개그맨 서승만 어린이 안전 뮤지컬로 '생활 속 작은 영웅상'을 받게 된 사실이 뒤늦게 알려져 화제가 되었다.
상을 받으며 서승만은 "왜 작은 영웅이냐, 큰 영웅상은 없냐."며 웃음 섞인 불만을 내뱉었고 전쟁에서 죽어야 큰 영웅이라는 말에 수긍했다.

'생활 속 작은 영웅' 수여 기사

신고은, 서은미, 엄태경, 김한석, 김종하. 최국, 추대엽, 김세아, 갈갈이 박준형, 남정미, 김미연 등등 이름을 다 열거해야 하지만 모두 고맙다.

바이올리니스트 백현경의 멋진 연주와 윤도근 교수님의 뮤지컬 곡 '지금 이순간'에 이어서 가야랑의 가야금 공연까지 모두 신나고 즐거운 시간이었다. 당시 정의화 국회의장님의 격려사가 있었다. 감사하고 고마운 분, 오랜 시간 친형 같은 분이다. 故박원순 시장님의 격려사에 또 한 번 감동하고, 노웅래 의원이 안전에 대한 중요성을 역설해 주셨다. 임방글 변호사와 류형구 부대표의 비전 선포와 우리 모두 안전사고 예방에 대한 각오를 다졌다.

"대한민국이 안전해지는 날을 위하여 파이팅!"

협회를 만들고 채널A와 교통안전 캠페인을 만들어 1년 넘게 방송하고 제자들과 어울려 무단횡단 금지 퍼포먼스를 기획했다. 안전사고 예방 토크 콘서트를 주최하고 메르스 예방 행사 등을 했다.

국민안전문화 협회

사단법인 국민안전문화협회를 잠깐 소개하고 싶다. 국민안전문화협회는 이름처럼 안전과 문화의 두 영역에서의 활동 시너지를 통해 주로 생활 속 안전사고 예방에 힘쓰는 단체다. 캠페인, 토크쇼, 영상 제작 등 각종 콘텐츠를 쉽고 재밌게 일상 생활과 친밀하게 만들었다. 안전이라는 거대하고 손에 잡히지 않는 관념적인 용어가 아닌 생활 속 실천으로써의 안전에 대한 인식을 심어 나가고자 뜻을 모아 협회를 설립했다.

오프라인 행사도 열었는데 라이나전성기재단, 국립중앙의료원이 함께 한 심폐소생술 홍보 행사가 그 예다. 우리나라에서 1년에 3만 명이 심정지로 쓰러지고, 그 가운데 12.1%만 심폐소생술을 받는다. 죽거나 장애를 입지 않고 사회에 복귀하는 심정지 환자는 전체의 5%에 불과하다. 국민안전문화협회 사무총장을 맡고 있는 개그맨 노정렬과 이재형, 정진욱, 김종하 등이 모여 길에서 갑자기 쓰러진 사람을 심폐소생술로 살리는 상황극을 벌여 행인들의 관심을 끌고 심폐소생술의 중요성을 알리고 교육하는 식이다. 메르스가 창궐했을 때 한신제약의 협찬으로 광화문 지하철 5번 출구 앞에서 마스크 2만여 장과 손 소독제를 나누어 주는 캠페인을 하기도 했다.

故박원순 서울시장님과 노인 횡단보도 무단횡단 금지 퍼포먼스를 하며 서울 시내 곳곳을 누볐다. 연간 노인 무단횡단 사망사고 수치 100가지를 제시하는 것보다 무단횡단하는 노인을 저승사자가 잡아가는 퍼포먼스 한 번이 주는 인상은 매우 강력한 것이었다.

방송의 경우, 채널A를 통해서 각종 교통사고 예방 캠페인, 음주운전 금지, 무단횡단 금지, 안전띠 착용, 이면도로 주행법 등 월별로 콘텐츠를 제작해 방송하기도 했다. 안전사고 예방 토크쇼와 강의를 하기도 하고 어린이 안전사고 예방 플래시 에니메이션 제작 배포. 안전사고 예방 게임 제작 배포, 4컷 만화 제작 배포 등 다양한 문화콘텐츠를 통해 쉽고 편하게 안전사고 예방을 생활화하는 데 앞장서고 있다. 외부 도움을 받기도 했지만 협회 운영 대부분이 사비와 협회 회원들의 참여로 이루어졌다.

국민안전문화협회 출범식
국민안전문화협회를 만들고 본격적인 안전문화 전문가의 시작을 알렸다

국민안전문화협회 출범 1주년 '안전사고 예방 토크쇼'

채널A와 함께 한 안전운전 캠페인
음주운전금지, 횡단보도 안전 통행 등 많은 캠페인을 채널A와 함께 하였다

채널A와 함께 한 안전운전 캠페인
어르신 무단횡단 사망사고를 줄이기 위해 저승사자가 끌고간다는 퍼포먼스를 했다(위)
단풍놀이 시즌에 음주운전 예방 캠페인 진행했다(아래)

안전운전을 위한 캠페인 활동
나를 믿고 따라주는 친구 종하와 후배 정렬이와 안전캠페인을 진행했다

어린이안전 통학 캠페인
어린이안전 통학 캠페인에 직접 어린이가 되어 체험을 했다

행정학 박사가 된 사연

자의 반 타의 반으로 시작한 각종 안전 관련 행사를 통해 만나는 사람들도 다양해 졌다. 관료직에 있는 사람들이나 정치인들, 그들은 내가 안전 관련 이야기를 하거나 좋은 제안을 하면 재미있어했다. 심각한 사항인데 아무리 설득해도 개그로 받아들인다.

형식적 답만 할 뿐이었다. 아주 답답한 일이다. 도대체 뭐가 문제인가 고민하다가. 저들보다 더 많이는 아니어도 저들 수준은 되어야 할 것 같았다. 늦은 나이에 더 공부하기로 결심했다. 영화와 문화예술 전공에서 방향을 바꾸어 국민대학교 일반대학원 행정학과 박사 과정에 도전했다.

학·석사는 영화 전공이었는데 행정학이라니 완전히 다른 과목이다. 필수인 선수과목을 더 들어야 했다. 5학기 동안 단 한 번의 지각도 결석도 없었다. 동기가 여섯 명이었는데 단연코 출석률은 1등이다. 하루라도 빠지면 도저히 쫓아가기 힘들 것 같았다. 다행스럽게 건강한 체력과 지칠 줄 모르는 추진력이 있다. 북한산 자락에 있는 정릉 국민대학교 1층 매점에서 먹은 김밥이 백 개는 넘을 거

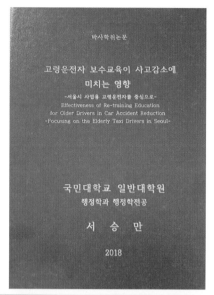

허리 고장나면서 힘들게 취득한 박사논문

다. 한눈팔지 않고 정말 열심히 공부했다.

논문 쓰다가 병원만 다섯 곳, 한의원 두 곳을 다니다가 결국 세브란스에서 치료하며 호전되고 있다. 논문은 '고령 운전자 보수 교육이 사고감소에 미치는 영향'을 다루었다. 어린이 안전을 대하면서 그 대척점이라 할 고령화 시대에 어쩔 수 없이 늘어나는 고령 운전자들의 사고를 인식했다. 누구나 나이를 먹고 고령 운전자가 될 텐데, 우리나라 고령화 속도는 세계 최고 수준이다. 노인 대국이라고 하는 일본이 고령화 사회가 되는데 24년이 걸렸다. 그러나 우리는 불과 17년 만의 빠른 진입이다. 미래 사회 구성원의 큰 부분을 차지할 노인들의 주거, 노동력, 의료, 복지 등등 지금껏 상상할 수 없었던 전방위적 부분에서의 새로운 정책 형성과 변화가 필요하다.

특히 교통 정책 분야도 마찬가지인데 수명 연장에 따른 결과로 고령자의 자동차 보유 대수와 면허 보유자 수의 증가가 예상된다. 이에 따른 고령 운전자들의 사고 역시 늘어날 것이 불 보듯 뻔한 상황이다. 고령 운전자 사고가 주로 대형 사고라는 점에 놀랐다. 효과적이고 실효성 있는 대안들을 찾기 위해서 고령 운전자들의 교통사고 특성 및 행동 특성에 따른 사고 유형을 분석하고, 현재 시행되고 있는 고령 운전자들의 교통안전교육과 보수교육 내용의 실태와 문제점을 교육 내용, 담당 강사, 시설 및 법 제도 측면에서 살피고, 선진국 사례와 비교하는 연구였다. 현재 진행 중인 보수 교육에 대한 만족도 설문 조사 결과를 토대로 고령 운전자 교통안전교육의 개선 방안을 제시하고 현장 조사 및 문헌 조사를 통한 국내외 고령 운전자 교통안전 교육장의 운영 사례를 바탕으로 한 고령 운전자 보수 교육의 효율적인 운영 방안을 살폈다. 관련 선행 논문이 없어서 고생했지만 내 논문이 선행 논문이 될 것이라는 데 보람은 있었다. 28회 수정 후 드디어 학위를 받았다. 심사 위원장이신 김종범 교수님이 마지막 심사 때, 내 손을 잡으며 하신 말씀이 기억난다.

"이제 서 박사는 혼자 공부할 수 있는 자격이 생긴 거야"

적어도 박사학위를 받은 이후로는 안전에 대한 내 제안을 더 적극적으로 신중하게 들어주는 것 같아 다행이다. 다시 하라고 하면 절대 못 할 것 같은 시간이었다.

국민대학교 박사학위 기념
다시는 생각하기도 싫은 고통의 날들을 이겨내고 겨우 박사학위를 받았다

방송문화진흥위원회 이사 도전

MBC코미디는 내가 방송 데뷔하고 지금까지 활동하면서 대충 4~5번 정도 없어졌다 생기기를 반복했다. 그러나 이번에는 쉽지 않을 거 같았다 기획력이 있어도 안 되고 연출력이 있어도 안 될 듯하다

코미디가 없어지면 그럴 때마다 몇 번 프로그램을 만들거나 공연이라도 만들어서 놀고 있는 후배들 출연시키고 연습도 시키고 했는데 이제는 힘들 거 같았다. 방송국들은 적은 돈을 들여 외주를 주거나 쉽게 만들어 많은 수익을 내는 프로그램을 만들고 싶어 하지만 코미디는 일단 PD나 작가 아무나 할 수 있는 일이 아니니 쉽게 만드는 데서부터 문턱에 걸린다. 방송은 다양성을 가지고 있어야 하고 적어도 공채로 뽑힌 개그맨들에게 최소한의 출연 기회는 주어져야 하는데 이러한 고충을 말할 곳조차 없는 실정이었다. 그래서 방송문화진흥위원회 이사에 도전하기로 했다.

이 도전이 성공하면 코미디를 만들 수 있을 것 같다는 실로 단순하지만 명확한 목표가 있었다. 방송문화진흥위원회는 MBC 운영에 대한 관리 감독을 하는 상위 조직이다.

MBC의 적자는 코미디나 드라마 제작으로 인한 게 아니라고 생각한다. 현장에서 40년 가까이 활동하며 봤던 경험으로 참견도 하고 코미디 하나 만들 수 있을 것 같아서 도전한 것이다. 제작국장, 보도국장, 본부장 심지어 사장까지 해임 건의 및 선출하는 힘이 있을 정도로 방송국에서 영향력이 크다고 했다.

"방문진 이사의 힘이면 코미디를 만들고 없애는 거 정도는 어렵지 않을걸?"

오래전 방송을 같이 한 이모 피디가 말해줬다.

그런데 지나고 나서 보니까 이게 그냥, 아무나 지원해서 되는 게 아니었다. 방송 경력이나 기획, 연출 능력, 학위 등 자격이 되면 해볼 만한 거라고 너무 순진하게 생각했었다. 당연하게 떨어졌다. 방문진은 상당히 정치적인 조직이다. 여당에서 3인, 야당에서 3인, 청와대에서 3인 이렇게 해서 도합 9인의 이사진이 꾸려지는 건데 아무것도 모르고 도전했다. 될 사람만 지원하는 건데 내가 지원해서 거꾸로 상대들은 어이 없었을 것이다. 아니면 칭찬을 했을 수도 있다. '와~ 진짜 웃기고 있네…' 하며 말이다

서승만, 방문진 이사 후보 출사표 "MBC 밝은 미래 꿈꾼다"[인터뷰]

손효정 | 입력 2018. 7. 17. 08:02 | 수정 2018. 7. 17. 08:04

방문진 이사 출사표 기사
아무것도 모르고 코미디를 만들겠다는 일념으로 방문진 이사에 도전했다

당대표 서승만

2003년에 대학로에서 후배들과 공연할 때 정의화 의원을 우연히 만났다. 당시 새누리당 의원이었는데 정치에 아무런 관심도 없던 내가 보기에 아주 점잖고 합리적 사고를 가진 분이었다. 가끔은 유머러스하고 또 진중하기도 하지만 소통하는데 답답함이 없는 것이 센스있는 정치인이라는 생각을 한 적이 있다. 간혹 술을 마시기도 했는데 '이화회' 라는 모임에 나를 소개했다. 매월 두 번째 화요일에 만나는 모임이라 이화회라고 한다. 모임 회원들은 대부분 교수나 각 분야에 전문가이고 박사들이었다. 회원들은 대부분 겸손했고 내가 재미있는 이야기를 하면 크게 웃기도 하며 현재 한국의 이슈에 대해 주로 의견을 나누었다. 한 시간 정도 공부를 하고 식사를 하며 담소를 나누는 모임이었는데 남, 북 간의 문제라던가 핵공학, 조세 관련 등 사회 전반적인 내용을 전문가에게 들을 수 있어서 좋았다. 특이한 건 정치 이야기는 별로 하지 않았다. 정치인은 몇 명 없고 대부분 각자 전문적 지식인들의 모임이라 그랬던 거 같다.

  나는 주로 길어지는 무료한 시간에 툭툭 개그를 해서 분위기를 북돋았다. 이화회가 아니라도 가끔 정의화 의원을 만나 개인적인 술자리를 갖기도 했다. 정의화 의원은 내가 그렇게 유명한 개그맨이라고 생각을 안 했었다. 그냥 TV에 가끔 나오는 사람인가보다 했던 거 같다.

어느 날 총선을 맞아 정의화 의원의 지역구인 부산에 내려간 적이 있다. 부산 중구, 동구가 그의 지역구다. 자갈치 시장과 국제 시장을 같이 다니며 명함을 뿌리고 인사를 했다. 지역 상인들은 하나같이 나를 반기고 환호해 주셨다. 그때 정의화 의원은 비로소 "서승마이가 인기가 많네?"라고 내게 말했다. 그 이후로도 계속된 인연은 무려 20여 년간 지속되었다.

많은 추억과 즐거운 일들이 있었고 국회의장이 되고 퇴임 때까지 좋은 관계였다. 국회의장 퇴임식 날에도 마지막으로 퇴임 행사를 진행했다. 정의화 의원님도 늘 내게 감사해하셨다. 그런 의원님이 지난 대선 때 전화하셨다.

정의 : 서박사 별일없제?

승만 : 네 별일 없습니다

정의 : 근데 마⋯.이재명 지지하나?

승만 : 네 그렇습니다.

정의 : 와 지지하는데?

승만 : 잘 몰랐는데 그분의 살아온 궤적을 보고 놀랐습니다. 그

리고 얼마나 억울할까. 사람들의 억지 공격과 모함이 너
무 블라블라블라

정의 : ······.

승만 : 바르고 진실을 볼 줄 알아야 한다고 생각합니다.

정의 : 알았다 ······.

그리고 지금까지 연락이 없다. 정의화 국회의장 퇴임 후엔 '새 한국의 비전'이란 포럼이 만들어졌었다. 현 부산 시장 박형준 님이 주축이 되어 만들어진 모임이다. 초대 회장은 박형준, 2대 회장이 나였다. 대한민국 발전을 위한 모임이고 한 달에 한 번씩 만나 강의를 듣고 맥주 한 잔하면서 수다 떠는 모임이다. 지금도 이해가 안 가는 부분은 '이화회'도 '새 한국의 비전'도 거의 정치 이야기를 한 적이 없다는 점이다. 회원 간의 관계는 너무 좋았고 친했다. 하지만 지난 대선 이후 회원들과도 연락이 끊겼다.

아주 잠깐이지만 나는 당 대표였다. 2009년 이탈리아 코미디언 출신의 베페 그릴로의 주도로 창당한 디지털 미디어당이 있었다. 오성운동으로 한때 화제였는데, 정의화 전의장님의 제안으로 미디어당을 만들기로 했다. 공동대표를 수락하고 여의도 국회 앞에 제법 큰 사무실을 얻었고 몇 번 만나 회의도 했다. 회를 거듭하면서 나와는 성격에 안 맞는 거 같았다. 이 지면에서 밝히지 않았으면 아무도 몰랐을 수 있지만 아닌 거는 절대 못 하는 성격으로 나는

새한국의 비전 창립기념 만찬

조용히 당대표를 사퇴했다.

그리고 아주 당당하게 살고 있다.

이명박 시장과의 인연

"너 영화배우 정우성 닮았어. 넌 김태희 닮았어"

라고 말하면 싫어하는 사람이 별로 없는 거 같다. 하지만 거꾸로 연예인들한테 '너 누구 닮았어'라고 하는 거는 좋은 게 아니다. 개성이 없어 보인다는 뜻으로 들리기 때문이다. 신하균이 신인 때 서승만 닮았다고 하다가 신하균이 뜨니 내가 신하균 닮았다고 한다. 한때 어떤 스포츠지 기자가 내가 서울시장 이명박을 닮았다고 쓴 적이 있다. 댓글이 엄청나게 달렸다. 이명박 서울시장이 MBC 아침 프로 '임성훈입니다'에 출연한 적이 있는데 나한테 섭외가 왔다. 닮은 꼴이니까 생방송 중에 내가 갑자기 쑥 나와서 넙죽 인사하고 '안녕하십니까. 개그계 이명박입니다.'하고 앉아서 같이 토크 하는 것이다. 서울시장으로 막 시작하는 때였고 난 대학로에서 공연장을 하며 뮤지컬 '터널' 공연 중이었으니 초대하는 것으로 방송 마무리했다.

근데 진짜로 이명박 시장이 공연장을 찾았다. 내가 만든 뮤지컬을 보며 마치 극이 본인 이야기하는 것 같아 어머니 생각이 나서

울었다고 했다. 공연이 끝나고 다음 일정을 미룬 채 늦게까지 나와 몇 명의 배우들, 동행한 서울시 직원들과 술을 마셨다. 그 이후에 서울시청 공무원들이 많이 왔다. 물론 무료로 온 건 아니고 자기 표를 사서 왔다.

하지만 얼마 있다가 대학로를 문화 특구로 지정하면서 대학로를 명소로 거듭나게 하겠다고 했지만 결과적으로 이 시장의 정책은 대학로에 뿌리내리고 살던 세입자들을 거리로 쫓아내는 꼴이 되었다. 유서 깊은 소극장들은 더 외곽으로 쫓겨나고 대학로 특유의 자유롭고 톡톡 튀는 가게들도 밀려났다. 그 자리에 여지없이 대형 프랜차이즈 기업이 들어왔다. 대학로는 전형적인 젠트리피케이션(gentrification)을 겪었다. 다만 건물주들은 살판났다. 나도 쫓겨나 구로로 극장을 옮겨야 했다. 대학로에 모든 것을 남겨둔 채 몸만 옮기는 꼴이 됐다.

문재인, 서울시

박근혜 전 대통령 탄핵으로 인해, 때이른 대통령 선거를 할 때 누구나 같은 심정이었을 것이다. 나는 추미애 장관님과 정청래 의원님 그리고 김영주 의원님과 서울시를 돌아다니며 유세 지원을 했다. 문재인 후보를 지지해달라고 호소하고 춤도 추고 열심히 했다. 마지막 유세 때, 광화문에서 문재인 후보님과 사진도 찍고 인사도 하자고 한다. 말은 고마웠지만 그러고 싶은 마음은 없었다. TV를 통해서 보니 선거기간 동안 별 도움이 안 된 사람들이 친한 척 사진 찍고 만세를 부르는데 피식 웃음이 났다. 답답하고 말도 안 되는 정권을 바꿨으면 그거로 됐다.

그 흔한 청와대 손목시계 하나 받은 거 없고 지금까지 직접 뵌적도 없지만 만족했다. 훌륭한 정책으로 나라 발전에 최선을 다해주기를 바라는 마음은 여느 국민의 마음과 똑같았다. 그리고 5년이 흘렀다. 정권이 바뀐 지금 아쉽기 그지없다.

방송 데뷔 후 마포를 떠난 적이 거의 없는 나는 MBC의 기자 출신이라는 인연도 있고 내가 사는 마포갑구 지역에 괜찮은 사람이 총선에 당선되기를 바라는 마음에 노웅래 의원의 선거를 도왔다. 정치적 이념도 없고 관심도 없던 터라 사람보고 도왔다. 노웅래 의원은 착하고 겸손하고 성실하다며 주위의 평판이 좋았다. 유세차에 올라 노웅래 지지 연설을 하면 간혹 지역 주민들을 내가 출마하냐고 묻는다. 내가 사는 동네는 나에게도 소중하니까 열심히 한 거였다. 하나의 정책이 얼마나 많은 사람들의 삶을 반대 방향으로 내모는지 실감하고 나서야 정치 혹은 정책이라는 것이 아주 먼 곳에 있는 것 같고 어려운 말 같지만 알고 보면 바로 내 생활이라는 걸 깨달았다. 무관심해서 안 된다.

문재인 지지 유세 지원

문재인지지 투표 독려 캠페인

이재명을 경기도지사로

2018년 6월 경기도지사 선거가 있었다. 후보였던 이재명에 대한 비판이 많았다. 심지어 같은 당내 사람들도 이재명을 비판했다. 도대체 이 사람은 무슨 잘못을 했길래 모든 사람이 욕을 할까? 성남에 사는 친구 말은 이재명 시장할 때 일을 잘했다고 했다. 이거저거 찾아보고 약간 경외심 같은 것을 느꼈다.

성남의료원 건설부터 공공이익 환수 등 많은 일을 해냈는데 여론이 좋지 않았다. 스캔들이나 이해하기 쉽지 않은 가족관계만 부각됐다. 어느 집이나 문제없는 집은 없다. 나 역시 가정에 불만도 많았고 내 가난이 부끄럽기도 하였다. 그러나 그는 항상 떳떳했고 용기 있게 헤쳐나가는 것이 멋스러움이 있었다. 경기도지사 출마 소식에 무조건 돕고 싶었다.

하남시 유세차에서 지지자들을 독려하고 이재명 후보가 왜 꼭 필요한지 강조하였다. 잠시 후 이재명 후보님이 오시고 마이크를 넘긴 뒤 트럭에서 내려와 집으로 왔다. 그리고 며칠 뒤 수원에서 마지막 유세를 하는데 또 달려가 유세 트럭 위에 올랐다. 잠시 후 이재명 후보님과 김혜경 여사님이 오셨다. 나는 여사님께 농담을 던졌다.

"어머니 안 오시고 왜 따님이 오셨어요?"

그러자 특유의 선한 얼굴로 여사님이 답하셨다.

"어머니가 오늘 좀 바쁘셔요"

재치와 순발력에 크게 웃었다. 가난 때문에 학교를 포기하고 검정고시를 준비하면서 프레스 공장에 다니던 소년공의 자수성가는 내게 감동을 주기에 충분했다. 공장을 다녀본 나로서는 얼마나 고되고 힘든 일인지 너무 잘 알고 있다. 키는 나랑 얼추 비슷하거나 같아 보이는데 마이크를 잡고 연설하는 모습을 보면서 거인의 배포를 느꼈다.

그렇게 대선전까지 이재명이란 사람을 두 번 만났다. 이야기는 못 했다. 고개 숙이며 '감사합니다. 수고하세요.' 이게 끝이었다. 경기도지사 당선 후 그의 행보를 보며 나는 나름의 보람을 느꼈다. 정치 효능감이라 불리는 감정이지 싶었다. 지켜볼수록, 말하면 지키고 실천하는 그런 정치인이라는 확신을 갖게 되었다.

밥만 먹을 수 있으면 마이크를 들고 무대든 거리에서든 관객을 만나고 싶고 만날 수 있다는 자신감으로 뛰어든 과거에 어려웠던 신인 시절의 내 모습 그리고 밥 먹기조차 힘든 지금 꿈을 꾸고 있는 후배들, 또 다른 분야의 문화예술인들이 있다. 그런 과거의 나와 미래의 우리들에게 최소한의 인간적 삶을 보장하는 기본 소득 정책이라

김혜경여사님과 후배 노정렬
하남시 집중 유세에서 처음 만나 응원했다

니 반가웠다. 말로만이 아니라 진짜 서민의 삶을 아는 서민 출신 이재명을 믿었다.

경기도지사가 되고 직접 만난 적이 없어도 늘 마음속으로 존경심이 있었다.

대선, 경북으로 출동

이재명 경기도지사가 대선에 도전한다. 관심이 생겼다. 그리고 대선 토론을 봤다. 역시나 많은 정책을 준비하고 나온 이재명 후보에 믿음이 생겼다. 준비된 후보였다. 상대 후보의 정책도 당연히 보게 되었는데 불안하고 걱정되는 부분이 많았다.

RE100이 뭐냐? 가난한 사람은 자유를 모른다. 없는 사람은 부정한 식품을 먹어도 된다. 유사시에 한반도에 자위대가 들어올 수 있다. 등등 보면서 너무 염려스러웠다. 내가 잘하는 게 뭘까 고민하다가 나름 유튜브 영상을 만들어 홍보했다. 그리고 몇몇 지인들과 문화예술인들과 이재명 후보님을 돕기 위해 '명쾌 통쾌' 팬클럽을 만들어 관리하면서 시간 날 때마다 토크쇼를 하고 홍보를 했다.

험지라고 하는 경상북도로 향했다. 아침에 재래시장에서 춤추며 어르신들과 어울리고 오후에는 선거차에 올라 유세하였다. 조금도 지치지 않았다. 걱정한 사람들도 많았지만 대부분 반응이 너무 좋았다. 떡도 주시고 옥수수도 주시는 분들도 있었다. 우리나라가 넓다는 걸 알게 된 순간이다. 경주, 안동, 영덕, 칠곡 구미 등등 하루에 세네 군데를 이동하며 열심히 선거운동을 하며 다녔다.

새벽까지 가슴을 졸이며 기대했지만 결과는 패배. 너무 충격적이었고 힘이 빠졌다. 동시대를 함께 살아가는 사람들에 대한 배신감 같은 거였다. 재미로 복싱을 10년쯤 했는데 스파링하다 코피 터졌을 때보다 훨씬 많은 양의 코피를 5일 동안 쏟았다. 한쪽을 막으면 다른 한쪽에서 피가 나온다. 양쪽 코를 지혈하니 입으로 피가 넘어온다. 살면서 이런 경험이 없어서 당황스럽고 어이없었다. 건강 체질인 내가 현기증을 느꼈다. 순간 덜컥 겁이 났다. 동네 병원에 갔는데 신경을 너무 써서 코안에 혈관이 터졌다며 머리에서 안 터진 게 다행이라고 한다. 치료를 받고 약을 먹으며 며칠간 아무것도 안 하고 그냥 쉬었다.

이재명 후보 지지 선거 유세

이재명 후보 지지 선거 유세
이재명 후보를 도와 험지라고 하는 경북에 내려가 열심히 소리쳤다

이재명 팬클럽 '명쾌통쾌' 토크쇼
이재명 팬클럽 명쾌통쾌를 만들어 회장을 하며 명계남 선배와
후배 강성범과 함께 토크쇼도 했다

레디, 액션!

묻지마 폭행이 세상을 시끄럽게 한다. 대부분 세상에 대한 불만을 약자에게 퍼붓는 거다. 말리거나 주변에서 도와주기도 힘든 세상이 됐다. 나만 아니면 된다는 이기적인 생각도 한몫한다. 끼어들어 좋을 것이 없다는 얘기도 나온다.

주일 예배 후 전도사님과 청년회장 등 몇 명이 차를 마시러 나가는데 길에서 젊은 남자가 할머니를 때리는 걸 목격했다. 구경하는 사람들은 놀라기만 하고 그냥 보고만 있다. 나도 모르게 손이 나가 말렸다. 남자 손을 잡자 쌍욕을 하며 나를 공격했다. 그 젊은 남자를 제압했다. 맞고 계시던 할머니는 그의 어머니였다.

방송으로 나름 좀 인기가 있을 때 길에서 여자를 폭행하는 남자를 제압해준 적이 있는데 그는 누가 봐도 건달이었다. 짧은 티셔츠를 입었는데 팔뚝에 문신이 보란 듯이 선명하고 굵게 있었다. 얼굴이 피투성이가 되었는데 오히려 맞던 여자는 내가 시비를 걸었다고 왜 참견이냐고 화를 냈다.

국민대에서 영화 전공을 한 나는 '영웅은 없다'라는 13분짜리 단편 영화를 만들었다. '아시아나 국제 단편영화제' 초청작으로 뽑혔다. 장편영화 두 편을 더 만들었다. 대학로에서 뮤지컬, 연극 등을 만들 때 대학로가 문화 특구로 지정되었다. 건물값은 올라가고 세내며 힘들게 공연하는 제작자들이 힘들어졌었다. 나 역시 건물주의 무리한 요구와 갑질에 희생양이 되었는데 억울하고 분해서 5년 간의 이야기를 시나리오로 만들어 영화를 만들었다, 물론 감독은 내가 했다. '연기 수업' 이라는 영화인데 이 영화가 '부천 국제 판타스틱 영화제' 월드 프리미어 초청작으로 선정되었다. 그리고 그 후 또 한편의 장편영화 '진실'을 만들었는데 그 역시 '부천 국제 판타스틱 영화제'에 뽑혔다. 개그맨 최초로 영화감독 자격으로 국제 영화제 레드카펫을 밟았다. 그것도 3회.

개그맨 서승만, 영화감독으로 PiFan 초청

김현록 | 입력 2010. 7. 13. 09:32 | 수정 2010. 7. 13. 09:32

[머니투데이 스타뉴스 김현록 기자]

영화감독 초청 기사
부천국제 판타스틱 영화제 월드프리미어 감독으로 정식 초대 받았다

[포토엔]서승만 '제 영화 주인공이에요'

입력 2010. 7. 15. 18:41 | 수정 2010. 7. 15. 18:41

배우들과 레드카펫에서
코미디언 최초 국제영화제 감독자격으로 레드카펫을 밟았다

영화촬영 현장
겁 없이 도전한 영화감독. 성과는 기대 이상으로 컸다

지인이 찾아왔다. 자기가 친한 정치인이 있는데 그분의 삶을 영화로 만들어달라는 의뢰다. 제작비와 조건은 나쁘지 않았지만 내가 좋아하는 정치인이 아니다. 철새 정치인은 싫다. 거절하기 곤란해서 나름 예의를 갖췄다. 그리고 제안한 지인에게 구상한 줄거리를 말했다.

"영화 첫 화면에 휴전선이 나오고 새 떼가 날아가요. 그리고 잔잔한 음악이 배경으로 깔리면서 사이먼과 가펑클(Simon & Garfunkle)이 부른 엘 콘도르 파사(El condor pasa) 가 나오는 거죠. 어때요?"

그 자리에서 욕을 먹었다. El condor pasa, 철새는 날아가고.

6

✦

서승만의 무게

선거 때 흔히 볼 수 있는 네거티브, 이해는 하지만 도를 넘는 경우는 짜증난다. 심지어 같은 편에서 나오는 가짜뉴스라면 화가 배가 되기도 한다. 대선 당시 민주당 내 어떤 분이 계속 대장동 문제를 이재명 후보에게 씌우려고 안간힘을 쓰고 있었다. 그러던 그가 웬일로 앞으로는 네거티브 없이 공정하게 가겠다는 발언을 했다. 그러더니 몇 시간 안 지나서 '하지만 대장동은 꼭 풀고 가야 한다' 며 다시 이재명 후보에게 잘못이 있다는 식 발언을 했다. 파렴치한 행동에 화가 나서 내 계정의 페이스북에 그 정치인 보란 듯이 포스팅을 했다.

"대장동 개발 씹는 애들. 대선 끝나고 배 아파서 대장암이나 걸렸으면 좋겠다. ^^"

좀 심한가 싶어 지울까 고민하는데 마침 한 후배가 지나던 길에 건물 1층에 와 있다며 연락을 했다. 잠시 후배와 차 한잔 마시고 올라왔는데 그 사이 어떤 기자가 빠르기도 하지 기사로 퍼다 날랐다. '서승만이 국민들 대장암 걸리라고 저주했다'는 식의 기사가 나갔고 악플이 넘쳤다. 40년 넘게 연예인으로 생활하면서 음주·도박·폭행 등 스캔들 하나 없이 잘 지내다가 국민 잡놈이 된 기분이 들고 내가 딛고 서 있던 세상이 꺼져버린 것 같았다. 몇 시간 안 되어 사과문을 올렸지만 이미 늦은 일이었다. 이 기회를 빌어 다시 한번 사과해야 한다는 생각에 전문을 올린다.

개그맨 서승만입니다.
며칠 전 대장동 관련 포스팅 내용에 절대 써서 안 될 말을 쓴 점 정중하게 사과드립니다.
대장동이라는 부분으로 말장난을 생각 없이 대장암으로 표현한 부분에 대한 잘못을 깊이 뉘우치고 있습니다.
웃음에 대한 오만함으로 자아도취 했습니다.
대장암의 고통이 얼마나 심각한지 생각지도 못한 채 포스팅 후에도 잘못을 빨리 인지하지 못한 부분이 더욱 죄송합니다.
경솔했던 부분 정중하게 사과드립니다.
마음 상하신 분들 모두에게 진심으로 미안합니다.
다시는 이런 실수를 하지 않겠습니다.

정식으로 페이스북에 사과문을 올리면서 사건은 일단락 됐지만 개인 계정 여기저기에서 죽여버리겠다는 살해 협박부터 세상 생겨 먹은 욕을 다 먹은 것 같다. 살면서 처음 겪는 일에 심약한 사람들은 극단적인 생각을 할 수도 있겠다는 생각이 들 정도였다. 욕설은 오랜 시간 지속적으로 진행되고 있다. 누구는 평소 내가 숨겨온 정치색을 커밍아웃한 것으로 받아들이기도 했다. 나는 숨긴 적도 드러내고자 노력한 적도 없었다. 그 중에는 내용도 모르고 그냥 쌍욕하는 사람들도 있다. 많은 개그맨 선후배 탤런트 선후배, 친구들이 전화했다. 혹시 내가 다른 마음을 먹을까봐 걱정하는 마음에 전화했단다.

악플 다는 사람들의 IP 추적을 해보니 한 명이 4, 5개 아이디를 가지고 반복적으로 공격하는 패턴도 있었다. 웹상의 '방구석 여포'들도 만났다. 반성은 했지만 도를 넘는 이들을 보면서 전투력은 상승한 셈이다.

계양구로 출동

대선이 끝나고 방송 출연이 단 한 개도 없다. 블랙리스트 들어만 봤었다. 쉬지 않고 드라마, 예능, 토크. 라디오 프로 등 출연했었는데 시스템이 바뀌어도 그렇지 한순간 모든 게 사라진 기분이다. 행사 섭외도 끊어졌다. 대책이 떠오르지 않아 고민 중이었다. 하루가 생각의 연속이다. 그러던 중 보궐선거가 시작되었다. 경기도지사로 나온 김동연 후보와 몇 개 지역을 다니며 선거독려를 하고 이재명 후보님 계양구로 출동했다. 비주얼로 형 같지만, 후배이고 동생인 탤런트 이원종과 함께 하기도 하고 이재명 후보님과 조정식 의원, 김남국 의원 등 함께했다. 제법 많은 시간 동안 많은 곳을 다녔다. 그런데 마지막 유세는 저녁 9시 이후에 마이크를 사용할 수 없다. 이재명 후보님과 이원종은 목이 쉬었지만, 평소 말이 많아 그런지 타고난 목청 탓인지 목소리가 멀쩡하다. 이재명 후보님이 말씀하시면 내가 인간 확성기가 되어 말을 전하고 선거운동은 마무리되었다. 이재명 대표님과는 그날 처음으로 이야기를 조금 할 수 있었다.

이재명 의원으로 국회 첫 출근날 나도 기뻤다.

당 대표 선거가 있었다. 무엇을 어떻게든 돕고 싶었다. 내가 할 수 있는 일을 했다.

'당 대표 이재명' 노래를 만들어 유튜브에서 매일 틀어 응원했다. 77.77% 당원들의 지지로 당당하게 당 대표가 되는 모습을 지켜봤다. 수많은 지지자들이 이재명의 뒤에서 기댈 담장이 되어주고 쉴 그늘이 되어주고 디딤돌이 되어주길 자처한다. 그 수 많음 중에 그저 난 하나이다.

이재명 대표님을 소개하는 계양구 유세
계양구에서 이재명 대표님을 열심히 지지했다

저승사자가 떴다

국민대학교에서 힘들게 박사학위를 받은 내 입장에서 김건희 여사의 표절 시비는 정말 상식적으로 받아 들이기 힘들었다. 허리 디스크가 생길 정도로 힘들게 논문을 썼는데 한 순간에 부질없는 짓이 된 거 같았다. 국민대 행정학과의 저력과 명예가 달린 일이지만 나서는 이가 없었다. 표절이라하기에도 미안한 베낀 수준의 박사 논문이라니, 그런데 학교가 침묵하고 있다니 참을 수가 없고 억울했다.

가만히 있으면 상대는 그래도 된다고 생각한다. 같이 나서는 이가 없다면 1인 시위라도 해야했다. 뭔가 확실한 인상을 남기고 싶었다. 교통사고 예방 캠페인 때 썼던 저승사자 옷을 입고 국민대학교 정문 앞에 가서 1인 시위를 했다. 등하교하는 학생, 교수님들을 상대로 김건희 여사 논문 심사 결과를 당당하게 밝히고, 담당 교수는 자진해서 사실을 고백하라며 저승사자가 총장부터 잡으러 왔다고 소리치며 총장실을 찾았다. 평소에 열려 있던 총장실 로비 문이 굳게 닫혀 있었다. 1인 시위일 뿐인데 이게 각종 일간지에 소개가 되고, 소문이 나면서 MBC PD수첩에서 연락이 왔다. 인터뷰를 했고 전파를 탔다.

걱정하는 많은 친구들과 선후배들이 무사하냐고 묻는다. 내 입장에서 할 수 있는 최선의 행위였다고 생각한다. 사실 학교 동기들이나 우리 행정학과 후배들은 고맙다고 한다. 본인들도 국민대학교에서 박사학위를 받았다고 하면 사람들이 비웃어 곤혹스러웠는데, 학위를 국민대에서 받았다는 것도 도매금으로 우습게 취급됐는데 그보다 그 누구도 잘못을 잘못이라고 하는 사람이 없었던 데 더 비웃음을 받았다는 것이다. 내 덕에 그나마 체면은 차렸다고 고맙다고 한다.

나는 개그가 하고 싶은 사람이고 방송이 본업인 사람인데 한 발짝 더 멀어져가는 느낌이다.

김건희 논문 표절!!

국민대는 '통상적으로 용인되는' 정도의
학자적 양심이 1이라도 있다면
재조사위원회 회의록을 즉시 공개하라!!

국민대 출신 박사라
죄송합니다.

공정과 상식이
있다면

김건희 논문 표절
재조사 회의록
즉각 공개하라!

국민대 저승사자 1인 시위
뭐라도 해야 분이 풀릴것 같았다

PD수첩 인터뷰 모습
국민대 저승사자 시위하고 PD수첩에 출연했다

유튜브 방송이 이상하다

요즘은 유튜버이거나 구독자다. 특정인에 의한 방송이 아니라 주부, 학생, 아이들 심지어 조폭까지 개인 유튜브 방송을 한다. 시청률 전쟁에서 살아남기 위해 갈수록 더욱 강하고 자극적인 콘텐츠를 만들어 서로의 생각과 영혼을 파괴하고 있다.

유튜브를 인수해서 더욱 거대 공룡 기업이 된 구글은 옳고 그름에 큰 관심이 없다. 기업에 이윤을 많이 가져오면 최고의 유튜버라고 생각하는 듯하다. 나 역시도 하나의 유튜버가 되어가고 있는 자신이 가끔 실망스럽다.

2009년도에 처음 유튜브 방송을 시작했다, 빠른 시기에 속한다. 갑자기 유튜브를 하게 된 이유는 앞으로 방송판이 바뀔 가능성이 있다고 미리 예감해서는 아니고 단지 한 명이라도 봤으면 하는 마음에서 안전 관련 영상을 만들어 올리기 위해서였다. 안전 캠페인 또는 안전 관련 플래시 애니메이션을 만들어 많은 사람들이 보기를 원했다. 아이들, 운전자들이 보고 안전에 대한 경각심을 갖게 하려는 마음으로 시작했다. 그러나 아쉽게도 지금과 같이 유튜브가 플랫폼 파워를 가졌던 것도 아니고 재미있고 자극적인 영상을 찾는 사람들을 만족 시키긴 어려웠다.

고민하다가 일단은 구독자들이 좀 많이 생기면 좋겠다는 마음에 콩트를 만들어 올리고 방송생활 하면서 있었던 재미있는 에피소드를 업로드하고 유명 연예인들을 초대 손님으로 불러 토크를 했다. 개그맨 선후배, 가수, 탤런트 등 그러다 보니까 반응이 조금씩 오기 시작했다. 하지만 그마저도 대선 끝나고 나서는 그 누구를 초대 손님으로 섭외하기가 힘들어졌다. 그들은 내가 부르면 언제든지 출연하겠다고 하지만 왠지 미운털 박힐까봐 내가 오히려 그들 출연을 거절하고 있다.

지금은 나에게 유튜브가 유일하고도 중요한 소통 통로가 되어주고 있다. 방송하면서 있었던 재미있는 에피소드를 올려도 댓글의 반은 욕이다. 어떤 영상을 올려도 그랬다. 난 어느새 많은 이들에게 재수 없는 인간으로 찍혀 있었다.

시간이 지날수록 직접적으로 느낀 게 있었다. 이미 기울어진 불공정한 언론 환경이 나라와 우리 사회에 미치는 영향이 크다는 생각이 들었다. 다만 몇 명에게라도 이런 사실을 알리고 싶었다. 진실에 가까운 내용을 전달하자.

내 유튜브 성격이 조금 바뀌고 있다. 이재명 대표에 대한 악담과 가짜뉴스를 바로 잡고 싶었고 아무런 근거 없이 무지한 사람들을 속이고 있는 것에 대한 대책 방송으로 방향을 틀었다. 답답한 정부와 정치 이야기를 조금씩 해보고 있다. 물론 생방송으로 실시간으로 정치 이야기를 하면 욕하는 사람들이 여전히 있다. 하지만 결집하고 내 의견에 동의하는 분들이 생겨나고 있다, 수많은 구독자보다 진실한 몇 분을 더 소중히 생각하며 열심히 하고 있다.

인공지능, AI시대

MBC '웃으면 복이 와요' 작가 시절엔 타자기로 대본을 썼다.

　타다다닥! 치고 밀기 땡! 다시 타다다닥 땡! 4벌식 타자기 시절 손가락이 쥐나도록 타자를 쳤다. 오타가 나면 화이트로 지우고 호호 불면서 마르길 기다렸다가 다시 대본 작업을 했다. 어느 날 286 컴퓨터를 처음 알게 되고 과감하게 컴퓨터를 샀다. 지금은 한글이 잘 되어있지만 286 컴퓨터를 쓸 때는 한글을 쓰려면 hwp 파일을 불러오는데 그걸 C 언어로 불러와서 쓰게 되어 있었다. 까만색 5.25인치 플로피 디스크를 넣어서 거기다가 대본을 쓰고 그걸 가지고 방송국에 가서 방송국 제작국 컴퓨터에 연결하고 대본을 출력해서 사용했다. 그때 C 언어 공부를 조금 했다.

　일찌감치 컴퓨터를 쓰게 되면서 영화할 때 편집 기술도 배우게 되었다. 애플사에서 만든 프로그램 '파이널 컷'과 '어도비 프리미어, 포토샵' 등등 편집 기술을 익혔다. 요즘도 유튜브 할 때 각종 섬네일과 편집을 직접하고 있다.

　어느 날 내가 촬영한 단편영화, 편집할 때 쓰던 컴퓨터는 17인

AI를 이용하여 목소리를 내다
유튜브에서 말 하기 어려운 부분이나 불편한 말을 대신해주는 비서를 고용했다(왼쪽)
나이드신 듯한 ai 어르신이다(오른쪽)

치 맥북이었는데 기능이 너무 신기했다. 얇고 작은 노트북인데 어떻게 이리 많은 기능이 있을까? 연구하다 보니까 컴퓨터 언어 체계에 대해서도 알게 되었고 바로 공부를 시작해 네트워크와 리눅스 공부도 하게 됐다. 나는 궁금하면 못 참는다.

요즘은 AI 인공지능이 발달하고 개발되면서 할 수 있는 게 뭐가 있을까 생각하다가 AI 캐릭터를 만들었다. 내가 직접 말하기보다 더 설득력 있고, 많은 이들에게 호감을 주는 모습이 캠페인 목적으로 쓰는 데 상당히 유용하다는 생각이 들었다. 실물과 같은 예쁜 여성이나 멋진 남자 또는 어르신을 만들어 내가 하고 싶은 말을 그들의 입을 통해 소개하고 있다. AI로 만든 인물은 실제 사람과 구분이 힘들 정도다. 처음 보는 사람들에게는 신기함을 이미 익숙한 분들에게는 친숙함을 준다. 앞으로는 누구나 흔하게 접할 부분이다. 이재명 대표님에 대한 오해와 진실을 알리는데도 제 역할을 하고 있어 기특하다.

총선을 위한 나의 작은 몸부림

얼마 전 강서구청장 보궐선거가 있었다. 유튜브 생방송을 할 때마다 많은 구독자들이 지원 유세를 가달라고 부탁한다. 그냥 가서 후보 이름만 연호하는 것은 효과에 한계가 있다. 고민하다가 이왕이면 신나게 선거운동을 하자는 생각이 들었다.

강서구에 있는 재래시장에 가서 상인들을 만나고 장 보러 나오신 주민들을 만났다. 그리고 발산역 사거리에 갔다. 다른 분들과 달리 그저 서서 외치는 게 아니라 나의 강점을 이용해 신나게 춤을 추며 투표를 독려했다. 역시 반응이 좋았다. 영상을 올려주신 분 덕에 여기저기 퍼지게 되었고 다수의 사람들이 시청했다. 물론 내 유튜브에도 올렸는데 대부분 칭찬 글이지만 욕을 하면서 악플을 다는 사람들도 있었다.

"이 X끼가 x랄해서 졌다"
"박사란 새x가 오도방정을 떤다"
"얼마를 받아 처먹였냐" 등등…

악플을 보면 화가 나는데 나는 전혀 기분 나쁘지 않았다. 오히려 칭찬받는 기분이 들었다. 내가 할 수 있는 재능기부, 자진 출격을 통해 좋은 구청장을 만들고 더 나아가 2024년 총선에 출마하는 신인 또는 기성의 좋은 후보들이 지지를 받으면 그보다 기쁠 수 없다. 중요한 기로에 서 있는 대한민국에 작은 힘이라도 보탤 수 있다는 게 얼마나 자랑스러운 일인가.

진정한 일꾼. 실력있는 일꾼이 선택 받기를 바라는 마음이 간절하다. 정확히 알 수는 없지만 최소한의 양심과 민주주의 발전을 위한 사람이라면 어디든 달려가 도움을 주려고 한다.

강서구청장 진교훈 선거운동

문화는 시대를 반영한다

한 시대를 평가할 수 있는 척도가 문화임을 부정할 사람은 없다고 본다. 문화라고 하면 단순히 연극, 무용, 전시, 음악, 영화, 체육 등으로 나누어 생각하기 쉬운데 사실 문화는 사회 각 곳에 어떤 것도 포함한다. 안전문화, 경제문화, 정치문화 등이 그렇다.

나는 코미디를 통해서 방송을 접하고 드라마를 하고 마당놀이 출연하면서 공연 무대를 알게 되었다. 그리고 뮤지컬을 통해 안전을 공부하고, 박사 과정에서 심도 있게 문화와 안전을 연결하는 고리를 고민하게 되었다. 내 나름의 결론은 거대 담론 못지 않게 더 중요한 것은 그것에 다가가는 방식이다. 그 어떤 사회복지 이론보다 대중들이 체감할 수 있는 방식으로 문화나 정치도 다가가야 한다.

강서구청장 선거에서 내가 방정 떨어서 자기 지지자가 졌다고 하는 이들의 논리가 조금이라도 맞다면, 더욱 열심히 방정을 떨어서라도 망가져가는 대한민국에, 대한민국 안전에, 대한민국 문화 발전에 일익을 담당하고 싶다. 상상만 해도 멋지지 않은가? 신명나는 춤을 추어서 아니 신나게 오두방정을 떨어서 모든 게 좋아진다면 마다할 리가 있겠는가! 호기심과 노력하는 마음, 도전하는 마음이 계속된다면 사회와 대한민국에 작은 힘이나마 보램이 될 수 있을 거라 다짐해 본다.

강서구청장 선거 결과가 양당에 미치는 영향이 상당히 크다. 세 표 부족하다는 대표님의 말에, 한 표라도 얻는 데 힘을 보태자는 생각으로 열심히 춤을 추고 소리 지르며 호소했다. 결과는 좋았는데 이에 따른 개인적 피해가 제법 크다. 내 개인 유튜브와 페이스북 인스타 등에 근래 보기 드물게 수많은 악플이 달리기 시작했다. 심약한 사람들은 극단적 선택을 할 수도 있겠다는 생각이 들었다. 이미 악플에 시달린 경험이 있는 내 입장에서도 즐거운 일은 결코 아니다. 악플 다는 사람들은 본인이 지지한 후보가 선거에 패해서 화가 난 사람들일 것이다. 바꿔 생각해 보면 내게는 칭찬일 수도 있겠다 싶은 마음이 들었다. 그런데 공교롭게도 유튜브도 정지당했다.

이건 뭐지?

그나마 얼굴이 좀 알려진 이유로 이들의 화풀이 대상이 된 것 같다. 하지만 앞서 에피소드를 봐서 알겠지만 용수철 같은 나 서승만이다.

"나는 나를 공격할수록 더 전투력이 높아지고 오기가 생긴다. 지치지 않을 것이다."

수상 내역

1989   mbc 개그콘테스트 대상 수상
1992   mbc 방송연기대상 신인상 수상
1993   대전엑스포 문화 표창장 수상
1996   mbc 방송연기대상 공로상 수상
2001   mbc 방송연기대상 우수상 수상
2006   선진교통문화대상 행정자치부장관상 수상
2007   교통사고제로비전선포식 행정자치부장관상 수상
2008   교통사고제로비전선포식 행정안전부장관상 수상
2014   대국민 통합위원회 국민영웅1호 선정
2023   더불어 민주당대표 1급 포상

공연

2001   mbc 마당놀이 〈암행어사 출도야〉 출연
2002   mbc 마당놀이 〈심봉사 심봤다〉 출연
2003   연극 〈컬트 홀에 귀신이 있대〉 연출 / 연극 〈바이러스〉 연출
       오페라 〈요한 스트라우스의 박쥐〉 연출 / mbc 마당놀이 〈어울우동〉 연출
2004   창작뮤지컬 〈터널〉 연출 및 대본 / 마당놀이 〈뺑파전〉 연출 및 작사
       〈화니지니 101번의 프로포즈〉 연출 및 대본
2005   어린이안전사고 예방뮤지컬 〈노노 이야기〉 연출 및 대본
       댄스 뮤지컬 〈노 칼라〉 연출 및 대본 / 뮤직비디오 〈야인블루〉 제작
       콘서트 〈두번째 프로포즈〉 연출 및 대본
2006   연극 〈신이 선택한 여자〉 연출 및 대본
       삼성건설 공동주거 예절뮤지컬 〈꾸벅이야기〉 연출 및 대본
2007   행정자치부 교통사고 제로비젼 선포식 연출
       연극 〈친구?친구!〉 연출 및 대본 / 뮤지컬 〈친구?친구!〉 연출 및 작사
       단편영화 〈영웅은 없다〉 연출 및 대본
2010   부천 국제 판타스틱 영화제 초청 장편영화 〈연기수업〉 감독
       단편영화 〈적응〉 각본 및 감독 / 부천세계문화엑스포 초청작 선정 〈노노이야기〉
       단편영화 〈적응〉 한중대학생 영화제 본선 진출
2011   국내 최초 스마트폰 촬영 〈추억은 방울방울〉 연출
2012   mbc 〈뮤직코믹쇼〉 연출 및 제작
2013   부천 국제판타스틱영화제 월드프리미어 초청작 장편영화 〈진실〉 감독
2019   마당놀이 〈온달아 평강아〉 대본 연출